U0087333

米蘭·昆德拉

賦別曲

MILAN KUNDERA

Valčik na rozloučenou

尉遲秀——譯

獻給弗杭索瓦·凱赫爾

目錄

第一天

1

秋天到了，樹木染上黃色、紅色、棕色；溫泉小鎮在美麗的小山谷裡，彷彿被一場大火包圍。女人們在拱廊裡來來去去，向泉水傾下身子，這些女人懷不上小孩，希望能靠這裡的泉水求孕。

來這裡療養的男人遠比女人來得少，但還是看得到，原因是這裡的泉水除了婦科的療效，據說對心臟也很有益。無論如何，來這裡療養的人，女性是男性的九倍，這讓那位在游泳池照顧不孕婦女的單身女護士感到氣憤！

露珍娜在這裡出生，父親和母親都在這裡。她是不是永遠無法逃離這裡，永遠無法逃離這群恐怖的女人？

時間是星期一的下午，快下班了，只要再幫幾個胖女人裹上大毛巾，讓她們躺在床上休息就行了。當然，還得幫她們擦擦臉，而且要面帶微笑。

「所以，你要打電話給他嗎？」露珍娜的同事們問她；其中一個身形豐滿，四十來歲，另一個比較年輕，瘦瘦的。

「也是可以呀。」露珍娜回答。

「好啦！你別怕了！」中年女人接了話，然後拉著露珍娜走到更衣室後頭，護士的衣櫃、桌子和電話都在那裡。

「你應該打去他家。」瘦女人的話裡不懷好意，三個人都噗哧地笑了出來。

「我知道劇院的電話。」笑意平息之後，露珍娜這麼說。

2

這是一次可怕的談話。才聽到話筒裡傳來露珍娜的聲音，他就嚇壞了。

女人總是讓他害怕；可是沒有一個女人相信，她們總是把這說法當作調情的俏皮話。

「你好嗎？」他問道。

「不是很好。」她回答。

「你怎麼了？」

「我得跟你談一談。」她哀怨地說。

這些年來，他滿懷恐懼等著的，就是這種哀怨的語氣。

「什麼？」他的聲音像是喉嚨被人扼住了。

她又說了一次：「我無論如何都得跟你談一談。」

「發生了什麼事？」

「跟我們兩個有關的事。」

他說不出話。他愣了一下，又重複了一次：「發生了什麼事？」

「我已經晚了六個星期。」

他極力故作鎮定：「應該沒事吧，有時候是會這樣，這沒什麼。」

「不是，這次真的就是。」

「不可能的，絕對不可能。總之，這不可能是我的錯。」

她生氣了。「拜託，你把我當成什麼了！」

他很怕惹惱她，突然間，他什麼都怕了：「沒有，我沒有傷害你的意思，這很蠢，我怎麼會想要傷害你呢？我只是說，這種事不可能發生在我身上，你完全不必擔心，這絕對是不可能的，就生理學來說，這是不可能的。」

「如果是這樣，那就沒什麼好說了。」她越說越生氣：「對不起，打擾你了。」

他怕她就這樣把電話掛了。「沒有，沒有，一點都沒有打擾。你打電話給我是對的！我很樂意幫你，當然，一切當然都可以安排。」

「你說『安排』是什麼意思？」

他覺得尷尬，他不敢直接說出那件事：「呃……對……就是安排。」

「我知道你要說什麼，可是你別想！忘掉那個念頭吧。就算我的人生會被搞砸，我也不會去做那件事。」

再一次，他因為恐懼而僵硬，不過這次他怯怯地採取了攻勢：「既然你不想跟我說，那你幹嘛打電話給我？你是想跟我商量，還是已經做了決定？」

「我想跟你談一談。」

「我會來看你。」

「什麼時候？」

「我會再告訴你。」

「好。」

「那麼，再見囉。」

「再見。」

他掛上電話，走回小排演廳，他的樂團在那裡。
「各位先生，排練結束了。」他說：「今天，我沒辦法再繼續了。」

3

掛上聽筒的時候，她因為激動而漲紅了臉。克里瑪對這消息的反應把她惹惱了，其實，她已經氣惱好一陣子了。

他們是在兩個月前認識的。那天晚上，這位著名的小喇叭手和他的樂團來溫泉小鎮演出，音樂會後有一場狂歡會，她在那裡受到了引誘，小喇叭手在所有女人裡頭選中她，跟她共度一夜。

此後，小喇叭手音訊全無。她寫了兩張明信片去問候他，他從來沒回。有一次她剛好路過首都，她打電話到劇院，得知他正在和樂團一起排練。接電話的那個傢伙請她表明身分，然後說要幫她去找克里瑪。過了一會兒，接電話的人回來了，說是排練已經結束，小喇叭手離開了。她心想，該不會是在躲她吧。她因此產生一股怨念，而且，那時她已經懷疑自己懷孕了。

「他說，就生理學來說是不可能的！真是太妙了，就生理學來說是不可能的！我想知道小傢伙生出來的時候他會怎麼說！」

她的兩個同事熱烈地表示贊同。自從她在蒸氣瀰漫的房間裡向大家宣布，她在前一夜和這位名人共度了難以描述的幾個小時，這位小喇叭手就成了所有同事的共同財產。他的魅影在她們進進出出的房間裡和她們為伴，只要有人在什麼地方提到他的名字，她們就會吃吃竊笑，彷彿那是她們熟識的什麼人。當她們得知露珍娜懷孕的時候，她們的心底襲上一股詭異的快感，因為他從此在肉體上與她們同在了，就在這位護士的子宮深處。

中年同事拍拍她的肩膀說：「好了，好了，小女孩，冷靜下來！我給你看個東西。」她在她面前打開一本髒兮兮、皺巴巴的畫刊：「你看！」

她們三人專注地看著一張年輕的褐髮美女的相片，那女人站在臺上，麥克風在嘴唇前方。

露珍娜試著在這幾平方公分之間解讀自己的命運。

「我不知道她這麼年輕。」她憂心忡忡地說。

「得了！」中年同事露出微笑：「這是十年前的照片。他們兩個同樣年紀，這女人不是你的對手！」

4

跟露珍娜通電話的時候，克里瑪想起來，這個讓人害怕的消息他其實已經等了很久。他當然沒有任何合理的理由可以讓自己相信，是他在要命的那一夜讓露珍娜懷孕的（相反的，他很確定自己受到不公正的指控），可是他等待這樣的消息等了好多年，早在認識露珍娜之前就在等了。

二十一歲的時候，有個金髮女子痴戀他，女子假裝懷孕逼婚。那段時間真是難熬，他常常胃痙攣，幾星期後終於病倒。他從此知道，懷孕是不論何時何地都有可能出現的雷霆，沒有避雷針可以抵禦，它會以哀怨的聲音在電話裡宣告（是的，金髮女子那次也是，她一開始就是透過電話讓他得知這個災難訊息）。二十一歲的這起意外，讓他後來親近女人的時候總是懷著不安的心情（雖然熱情還是不減），於是每次幽會後，他都擔心自己的下場會很悲慘。他怎麼也無法說服自己，由於他近乎病態的謹慎，這種災難發生的機率大概只有十萬分之一，而就算機率只有十萬分

之一，也讓他極為不安。

有一次，因為晚上無聊難耐，他打電話給一個已經兩個月沒見的年輕女子。對方認出他聲音的時候發出驚呼：「老天，是你！我迫不及待想接到你的電話！我真的好需要你的電話！」年輕女子說這話的語氣非常急切，非常做作，某種熟悉的焦慮緊緊揪住了克里瑪的心，他打從心底相信，那令人恐懼的時刻就要在此刻來了。由於他想以最迅速的方式面對真相，他採取了攻勢：「你為什麼用這麼悲傷的語氣跟我說話？」「我媽媽昨天過世了。」年輕女子回答。他鬆了一口氣，但他也知道，無論如何，他擔憂的這種不幸，早晚還是逃不過的。

5

「夠了吧，到底是怎麼回事？」鼓手說。克里瑪終於回過神來，望著周圍那些樂手擔心的表情，他向他們說明發生在自己身上的事。男人們放下手上的樂器，大家都想幫忙出個主意。

第一個建議很激進：十八歲的吉他手認為，剛才打電話給他們團長兼小喇叭手的這個女人，應該要狠狠地拒絕。「告訴她，想怎樣就怎樣吧，小孩不是你的，你跟這件事絕對無關，如果她堅持，去驗血就知道孩子的父親是誰了。」

克里瑪提醒他，驗血通常什麼也不能證明，在這種情況下，女人的指控會占上風。

吉他手答說，其實根本不會有驗血這回事，因為那個年輕女人受到這麼粗暴的對待，就會開始特別小心，不會再使一些沒用的手段，等她明白自己控訴的男人不是什麼軟弱的傢伙，她就會自己花錢去把孩子拿掉。「如果她最後還是把孩子生了，我們就統統過去，我們樂團的每一個樂手都去出庭作證，說那段時間我們都在跟她上床。讓他們來找找看誰是父親！」

可是克里瑪反駁說：「我相信你們會為我這麼做。不過到時候我應該早就因為不確定和害怕而瘋了。遇到這種事，我就成了天底下最沒用的男人，我最需要的就是確定。」

所有人都同意，吉他手的方法原則上很好，但不是所有人都適用。這方法尤其不適合神經不夠粗的男人，對於有名又有錢的男人來說也不適用，因為一個女人為他做這種高風險的事是值得的。於是大家轉而認為，不該狠狠拒絕那個年輕女人，而是要想辦法說服她，讓她同意去墮胎。可是該用什麼樣的說詞呢？基本上，有三種方法可行：

第一個方法是訴諸年輕女子的同情心：克里瑪跟那位護士說話的時候，可以把她當成最要好的女性朋友；他要真誠地向她傾訴；他要告訴她，妻子生了重病，如果知道丈夫跟另一個女人有了孩子，她會氣死；然後讓她明白，克里瑪不論在道德上或精神上都無法承受這樣的狀況；之後再哀求那位護士寬恕他。

這方法遭遇了原則性的反對意見：我們不可以把整套策略建立在這麼不確定又不可靠的基礎上——完全仰賴那位護士的好心。如果她沒有一顆真正善良憐憫的心，這樣反而會對克里瑪更為不利。年輕女子會因為她替孩子挑選的父親竟然更關心別的女人而覺得受辱，因此變得更具攻擊性。

第二個方法則是訴諸年輕女子的理智：克里瑪可以試著對她解釋，他根本無法確定孩子真的是他的。他對這位護士僅有的認識，就是那絕無僅有的一次相遇，他對她一無所知。她有沒有和其他男人交往，他也毫無所悉。沒有，沒有，他沒有懷疑她存心欺騙他，可是她確實無法證明她沒有和其他男人交往啊！就算她一直對他如此宣稱，又有誰能保證她說的是真話？一個父親永遠無法確定孩子是不是他的，如果讓這孩子來到世間，合理嗎？連是不是自己親生的都不知道，克里瑪有可能為這孩子拋棄妻子嗎？露珍娜會想要一個永遠父不詳的孩子嗎？

這方法顯然也有問題：低音提琴手（他是樂團裡最年長的）提醒大家，仰賴這個年輕女人的理智，比起指望她的同情心更天真。這種說法的邏輯可以擊中毫無防備的箭靶，可是年輕女子會因為心愛的男人拒絕相信她的真誠而心慌，這會刺激她變得更固執，她頑固的心會滴淚，她會堅持原來的說法和做法。

最後，還有第三個方法：就是克里瑪在這位未來的母親面前發誓，說他過去愛她，現在依然愛著她。至於孩子有沒有可能是別人的，千萬別提，他反而要讓年輕女子沉浸在信任、溫柔和愛之中。不管什麼事他都得答應，包括離婚。他要為她描繪美好的未來，然後再為了這個未來，拜託她去做人工流產。他會向她解釋，孩子來得太早，這會剝奪他們倆的愛情最初也最美好的幾年。

這種說詞所欠缺的，正是前一種說詞裡頭太多的——邏輯。克里瑪怎麼會這麼突然，狂戀這位護士，他不是躲了她兩個月嗎？可是低音提琴手說，戀人的行為從來就沒有邏輯可言，事情太簡單了，只要有個說法可以解釋給那女人聽就行了。最後，所有人都同意，第三種方法應該最有效，因為它訴諸這個年輕女人對愛情的感受，就現在的情況來看，這是唯一還算確定的事。

6

他們走出劇院，在街角分手，只有吉他手陪克里瑪一直走到家門口，他是唯一不贊成這個計畫的。在他看來，這計畫會讓他崇拜的團長的格調降低：「要去找女人的時候，別忘了帶上你的鞭子！」他引用了尼采的句子，而其實在尼采的所有著作裡，他也只知道這句話。

「小伙子，」克里瑪懊惱地說：「拿鞭子的人是她啊。」

吉他手向克里瑪提議，說要陪他開車去溫泉小鎮，再把年輕女子誘到馬路上，然後開車將她輾斃。

「沒有人可以證明不是她自己突然跑到我的車輪底下。」

吉他手是樂團裡最年輕的樂手，他非常喜歡克里瑪。克里瑪被他說的話感動，對他說：「你對我太好了。」

吉他手說出他計畫的種種細節，說得臉頰都發燙了。

「你對我太好了，可是這不可能吧。」克里瑪說。
「有什麼好猶豫的，她就是個壞女人啊！」
「你真的對我太好了，可是這不可能呀。」說完這話，克里瑪向吉他手道別。

7

又剩他獨自一人的時候，他想著那個年輕人的提議和自己拒絕的理由。不是因為他比較道德，而是因為他比較膽小。他怕被控謀殺，也怕被宣告為父親，而兩種害怕的程度其實不相上下。他看見汽車撞倒露珍娜，他看見露珍娜倒在血泊之中，他頓時鬆了一口氣，滿心歡喜。可是他知道，沉浸在幻想裡根本無濟於事，他現在要面對的是一件令人擔憂的大事。他想到妻子，老天，明天是她的生日！

再過幾分鐘就是六點，店家六點就關門了。他匆匆走進一家花店買了一大束玫瑰。等著他參加的這場慶生會，多麼令人痛苦啊！他得假裝自己的心與她同在，而且是全心全意，他得把自己奉獻給她，對她展現溫柔，逗她開心，和她一起笑，而在那段時間裡，他卻又無時無刻不想著一個在遠方的子宮。他會努力說些獻殷勤的

話，可是他的心緒卻在遠方，囚禁在那陌生子宮的晦暗牢房裡。

他知道，要在家過這個生日，他沒有力氣承受，他決定盡快去見露珍娜，不再拖延。

可是這事想來也不樂觀。在他眼裡，群山環繞的溫泉小鎮有如一片荒漠，他在那裡誰也不認識，只認識一個去療養的美國人。他的作風跟舊時那些粗鄙的資產階級沒有兩樣，音樂會結束之後，他邀請整個樂團去他在旅館裡的公寓式客房，拿出一堆美酒款待大家，還邀了他挑選的幾個在溫泉療養中心工作的年輕女人，所以後來發生在露珍娜和克里瑪之間的事，他要負間接的責任。啊！但願當時對他慷慨示好的這個男人還在溫泉小鎮！克里瑪緊緊抓住他的形影，像抱住一塊救命浮木，因為在這樣的時刻，他最需要的無非是另一個男人友善的理解。

他走回劇院，在門房停了下來，請接線生幫他撥接一通長途電話。沒多久，露珍娜的聲音從聽筒裡傳來，他告訴她，明天就會過去看她，但她幾小時前宣布的消息，他隻字未提。他對她說話的方式，彷彿兩人是一對無憂無慮的戀人。

他若無其事地問了一句：「那個美國人還在鎮上嗎？」

「在呀！」露珍娜說。

他覺得鬆了一口氣，於是用略為放肆的語氣又說了一次，他很開心可以見到她。

「你穿什麼衣服？」他接著說。

「問這幹嘛？」

這是這些年來他在電話裡調情常用的花招，無往不利：「我想知道你現在穿什麼衣服。我要想像你的樣子。」

「我穿一件紅色的連身裙。」

「紅色應該很適合你。」

「還可以啦。」她說。

「連身裙裡面呢？」

她笑了。

是的，當他問她們這個問題的時候，她們都笑了。

「你的內褲是什麼顏色？」

「也是紅色。」

「我很開心可以看進你裡面。」他說，然後就道別了。他覺得自己的語氣是對的。有那麼一下子，他覺得好多了，不過也就是那麼一下子。他剛剛明白了，除了露珍娜，他沒辦法想其他事，所以在慶生會上，他得儘可能把自己和妻子的對話嚴格限制在最小範圍。他在一家專放美國西部片的戲院停下來，在售票口買了兩張票。

8

儘管卡蜜拉．克里瑪的美貌遠勝她的病情，但終究是生病的人，她因為身體虛弱，幾年前放棄了歌唱生涯，投入現在的丈夫的懷裡。

這位年輕貌美的女子一向習於活在眾人的崇拜之中，卻突然深陷醫院消毒藥水的氣味裡。在她丈夫的世界和她的世界之間，彷彿橫亙著一座山脈。

克里瑪凝望她悲傷的臉龐時，總會感覺到她的心碎，於是，他向她（越過這座假想的山脈）遞出愛戀的手。卡蜜拉知道自己的悲傷之中有一種力量是她從前不曾想過的，這悲傷吸引著克里瑪，讓他心生憐憫，讓他泛淚。她開始利用這個意外發現的手段（或許是無意識的，但是比從前頻繁），因為只有在克里瑪的雙眼凝望她痛苦的臉龐時，她才能或多或少確定，他的心裡沒有其他女人可以和她匹敵。

這個非常美麗的女人其實害怕女人，她覺得女人無處不在。不論何時，不論何地，她們都逃不過她的眼睛。她可以細聽克里瑪晚上到家說的「我回來了」，從他說話的抑揚頓挫之中發現女人；她也可以嗅聞克里瑪的衣服，從氣味裡發現她們的蹤跡。她最近發現了一截撕下來的報紙，空白處有克里瑪手寫的一個日期。當然，事情有各式各樣不同的可能性，或許是某一場音樂會要排演，或許是得跟某一位經紀人會面。可是整整一個月的時間，她什麼事也沒做，腦子裡想的都是克里瑪這天要跟哪個女人相會；整整一個月的時間，她睡不成眠。

如果險惡的女人世界讓她害怕到這個地步，難道她不能去男人的世界尋求慰藉？很難。嫉妒的力量很驚人，它可以用強光照亮唯一一人，同時讓其他眾人留在徹底的黑暗之中。克里瑪夫人的心念只能跟隨這種痛苦的光，無暇他顧，她的丈夫則成為世上唯一的男人。

現在，她聽到鑰匙開鎖的聲音，她看到小喇叭手捧著一束玫瑰。

她先是感到愉悅，可是猜疑心隨即讓她聽見：明天才是生日，為什麼今天晚上就帶花回來？這背後究竟是什麼意思？

於是她用這句話迎接他：「你明天晚上不在家嗎？」

9

今晚送花不一定表示他明晚不在。可是猜疑的觸角永遠警戒著，永遠嫉妒著，不管丈夫遮遮掩掩的心思多麼幽微，這些觸角都可以事先察覺。每次克里瑪發現這些可怕的觸角在那裡，把他剝得精光，瞧著他，揭穿他，他就會被一股絕望的無力感沖垮。他厭惡這些觸角，他很確定，他的婚姻之所以出現危機，就是因為這些觸角。他也一直相信（在這一點上，他是理直氣壯，真心認為如此），自己之所以要對妻子說謊，純粹只是想讓她避開，讓她免除這所有的沮喪，是她，是因為她的猜疑，害她自己受苦。

他望著她的臉，在上面讀出猜疑、悲傷和惡劣的心情。他想把玫瑰花束扔到地上，但是忍住了。他知道，接下來這幾天，情況還會更嚴重，他得克制住自己。

「今天晚上送花給你，你是不是不高興？」他說。

妻子感覺到他聲音裡的怒氣，向他道了謝，然後在一只花瓶裡裝了水。

「這該死的社會主義！」克里瑪接著說。

「怎麼了？」

「哼！一天到晚叫我們免費演奏。一次說是為了反帝鬥爭，一次說是要紀念革命，還有一次是要慶祝一個高幹的生日，如果我不想讓樂團解散，就得照單全收。你想像不到我今天有多生氣。」

「氣什麼？」她意興闌珊地問。

「排演的時候，來了個市議會的女議長，她開始指點我們該演奏什麼，不該演奏什麼，最後竟然要我們為『青年聯盟』辦一場免費音樂會。最慘的是，我明天一整天都得去參加一場可笑的研討會，他們要告訴我們，音樂在社會主義建設裡扮演的角色。我又要浪費一天了，整整一天！而且剛好是你的生日！」

「他們總不會要你整晚都待在那裡吧！」

「應該是不會，不過你現在就可以想像，我回到家的時候會是什麼德性了吧！所以我才想說，至少今天晚上我們可以有一點時間輕輕鬆鬆地在一起。」他邊說邊執起妻子的雙手。

「你真好。」卡蜜拉說。

克里瑪從她的聲調裡明白了，她對他剛才關於明天研討會的那番說詞，根本一

個字都不信。卡蜜拉當然不敢表現出她的不信，她知道她的懷疑會激怒克里瑪，可是克里瑪其實早已不抱希望，他知道妻子不會輕易相信他，不論他說的是真話還是假話，他都認為妻子會懷疑他。現在他騎虎難下，也只能順勢而為，假裝相信妻子相信自己，而卡蜜拉（一臉悲傷又疏離的表情）也刻意問他一些明天研討會的細節，向他證明她對事情的真實性沒有懷疑。

接著，她去廚房準備晚餐。她放了太多鹽。她在廚房裡一向心情愉快，而且做得一手好菜（生命並沒有摧毀她，她一直把家事打理得很好），克里瑪知道，今晚的菜之所以沒做好，唯一的原因就是她焦慮不安。他在心裡看到她以痛苦暴烈的手勢撒下一大把鹽，他的心緊緊揪著，彷彿每一口過鹹的菜裡都嘗得到卡蜜拉眼淚的味道，他吞進肚裡的正是自己的罪行。他知道卡蜜拉深受嫉妒折磨，他知道她又要一夜無眠，他想要愛撫她，擁抱她，安慰她，可是他立刻明白這是多餘的，因為在如此的溫柔裡，妻子的觸角只會發現他心懷不軌的證據。

最後，他們去了戲院。克里瑪在男主角的演出之中得到某種慰藉——他在銀幕上屢屢化險為夷，散發出一種有渲染力的自信。他想像自己是男主角，他不時暗想，憑藉他的魅力，要說服露珍娜墮胎根本就輕而易舉，而且他福星高照，一下子就可以搞定。

後來，他們並肩躺在大床上。他看著她。她躺著，背貼著床，頭陷在枕頭裡，下巴微微仰起，眼睛盯著天花板。在她極度緊繃的身體裡（她總是讓他想到某種琴弦，他總是對她說，她擁有「琴弦的靈魂」），他突然看見了，就在那麼一瞬間，他看見她整個人的本質。是的，他有時可以（在一些奇蹟的時刻）在她的一個手勢或動作之中，突然捕捉到她身體與靈魂的所有歷史。那是絕對洞察力的瞬間，也是絕對情感的瞬間；因為這個女人在他一文不名的時候就愛上他，她可以為他犧牲一切，她盲目地認同他所有的想法，所以他可以跟她聊路易．阿姆斯壯或史特拉汶斯基，可以聊芝麻綠豆小事也可以聊天大的事。對他來說，她是所有人當中跟他最親近的……接著，他想像這具可愛的身體、這個可愛的臉龐死了，他心想，他根本無法比她多活一天。他知道，他可以一直保護她，至死方休，他可以為她犧牲生命。

可是這種因愛而生的窒息感，不過是一道微弱的光，轉瞬即逝，因為他所有的心思都被焦慮和恐懼占據了。他躺在卡蜜拉的身邊，他知道自己對她有無限的愛，可是他的心神卻不在這裡。他輕撫她的臉，彷彿從幾百公里之外，從遙遠無垠的遠方輕撫著她。

第二天

1

約莫早上九點，一輛高雅的白色轎車停在溫泉小鎮外圍的停車場（汽車不得繼續往前行駛），克里瑪下了車。

這個溫泉療養地的中間是個長形的公園，疏疏落落的樹叢、草地、鋪著細沙的林蔭道，還有彩色長椅。公園兩側是溫泉療養中心的樓房，其中一棟是「卡爾·馬克思之家」。那一夜，小喇叭手就是在這裡，在護士露珍娜的小房間裡度過了命中注定的兩個小時。卡爾·馬克思之家的對面，也就是公園的另一側，矗立著溫泉療養地最美麗的建築，二十世紀初的新藝術風格，灰泥粉刷的外牆壁飾，宏偉的臺階上方是一幅鑲嵌畫。只有這棟樓擁有特權，可以毫無變動地保留原名：「瑞奇蒙旅館」。

「伯特列夫先生還住這兒嗎？」克里瑪問了門房，得到的答案是肯定的。他踩著紅色地毯一路跑上二樓，敲了門。

進門時，他看見伯特列夫穿著睡衣來應門，他覺得很不好意思，為自己的突然

造訪致歉，可是伯特列夫打斷了他的話：

「我的朋友！請別說抱歉！您剛才做的事讓我太開心了，從來沒有人在這個地方，在早晨的這個時候，讓我這麼開心。」

他握住克里瑪的手，繼續說下去：「在這個國家，人們對早晨毫無敬意，大家都用鬧鐘把自己嚇醒，那是一記斧頭，把睡眠硬生生砍斷，然後大家立刻沒命地奔向悲慘的匆忙之中。您可以告訴我，用這種暴力行動開場，接下來的一整天會是什麼光景？每天都接受一次鬧鐘電擊的這些人，他們會變成怎樣？他們會一天天習慣暴力，一天天忘記享樂。相信我，一個人的性格是由他的早晨決定的。」

伯特列夫輕搭著克里瑪的肩，讓他在一張單人沙發上坐下，接著說：「其實，我實在太喜歡早上這種悠閒的時間了，那就像走過一座雕像林立的大橋，慢慢從黑夜走向白天，從睡眠走向清醒。這是一天當中我最感激的時刻，一個小小的奇蹟，一次突然的相遇，可以讓我相信，夜裡的夢境會繼續，睡夢中的冒險和白天的冒險不會被一道懸崖峭壁分隔開來。」

小喇叭手望著伯特列夫穿睡衣在房裡踱來踱去，一邊用手撫平他花白的頭髮。他發現他宏亮的嗓音裡有一種抹不去的美國腔，他的遣詞用字有某種老派的迷人氣質，這很容易理解，因為伯特列夫從來沒有在他的祖國生活過，是因為家族的傳承他才會說母語的。

「而且沒有任何人，我的朋友，」現在他露出信任的微笑，傾身對克里瑪說：「在這個溫泉小鎮，沒有任何人了解我。就連那些護士也一樣，平常她們還算善體人意，可是如果我邀她們一起來共度早餐的宜人時光，她們就會生氣，我只好把約會延到晚上，可是到那時候我難免有點累了。」

接著他走近放電話的小茶几，問道：「您是什麼時候到的？」

「今天早上，」克里瑪說：「開車來的。」

「您一定餓了吧。」伯特列夫說。他拿起話筒，點了兩份早餐：「四個蛋包、乳酪、奶油、牛角麵包、牛奶、火腿，還有茶。」

等著早餐送來的時候，克里瑪細細檢視這個房間。一張大圓桌、幾張椅子、一張單人沙發、一面鏡子、兩張沒靠背的長沙發，還有一扇門通往浴室和相連的另一間房，他記得，那是伯特列夫的小臥室。就是在這裡，一切故事都是在這豪華公寓裡頭開始的。就是在這裡，這位有錢的美國人為了讓樂團那些微醺的樂手開心，邀了幾位護士來同樂。

「對了，」伯特列夫說：「您現在看的這幅畫，上回不在這裡。」

這時小喇叭手才瞥見牆上有一幅畫，畫的是個留鬍子的男人，頭上頂著一個奇怪的淡藍色圓盤，手上拿著畫筆和調色盤。畫看似笨拙，可是小喇叭手知道，有不少看似笨拙的畫都是名畫。

「這是誰畫的？」

「是我。」伯特列夫回答。

「我不知道您會畫畫。」

「我很喜歡畫畫。」

「這個人是誰？」小喇叭手鼓起勇氣問了。

「聖拉撒路。」

「什麼？聖拉撒路是畫家？」

「不是《聖經》裡的拉撒路，是聖拉撒路，他是西元九世紀生活在君士坦丁堡的僧侶，是我的主保聖人。」

「原來如此！」小喇叭手說。

「他是個非常怪的聖人。他不是因為信奉耶穌而被異教徒殺害，他是因為太愛畫畫而被基督徒殺死的。或許您也知道，在八世紀和九世紀的時候，教會在希臘的分支受到嚴酷的禁慾主義控制，他們容不下任何世俗的歡樂，就連繪畫和雕像也被視為褻瀆宗教的享樂物品。狄奧斐盧斯皇帝下令毀掉幾千幅美麗的畫作，也禁止我敬愛的拉撒路繼續作畫。可是拉撒路知道他的畫作榮耀了上帝，所以他拒絕屈服，於是狄奧斐盧斯把他關進監牢，對他施以酷刑，逼迫他放棄畫筆。可是上帝是仁慈的，祂給了拉撒路力量，讓他可以承受兇殘的酷刑。」

「是個很美的故事。」小喇叭手禮貌地說。

「美麗極了。不過，您當然不是為了看我的畫才來找我的。」

這時有人敲門，服務生端著大托盤進了門。他把托盤放在桌上，為兩個男人擺上早餐的餐具。

伯特列夫請小喇叭手坐下，接著說：「這裡的早餐沒什麼太特別的，我們就邊吃邊談吧。告訴我，您心裡有什麼事？」

於是小喇叭手一邊嚼著早餐，一邊說著他的倒楣事，伯特列夫聽得津津有味，還在好幾處對他提出尖銳的問題。

2

他尤其想知道，克里瑪為什麼對護士寄來的兩張明信片不理不睬？為什麼躲她電話？又為什麼沒做出任何友善的表示，讓那夜的溫存留下讓人安心、放心的餘音？

克里瑪承認他的行為既不理性也不禮貌。不過，照他的說法，他也不知道自己為什麼會這樣。想到要再跟那個年輕女人聯絡，他就心生恐懼。

「要勾引一個女人，」伯特列夫不悅地說：「這隨便一個白痴都做得到，可是也要懂得怎麼分手啊，能做到這個才算是成熟的男人。」

「我知道，」小喇叭手難過地承認了：「可是在我心裡，這種反感，這種難以克制的厭惡，比其他任何善意都強。」

「請告訴我，」伯特列夫驚訝地問：「您該不會有厭女情結吧？」

「大家就是這麼說我。」

「這怎麼可能？您看起來不像性無能，也不像同性戀啊。」

「確實，我兩者都不是，我的情況比這還糟，」小喇叭手憂鬱地承認：「我愛我的妻子，這是我的性愛祕密，大多數的人都完全無法理解。」

這樣的招供如此動人，兩個男人因此沉默了片刻。然後，小喇叭手說了下去：「沒有人理解這一點，我的妻子又比任何人都更不明白，她以為偉大的愛情可以讓我放棄豔遇。可是這是錯的。不論何時，總是有某種東西會把我推向另一個女人，可是只要我占有了這個女人，又會有一個強力彈簧把我扯走，把我彈射回卡蜜拉的身邊。有時候我會覺得，我之所以去找別的女人，根本只是因為這個彈簧，因為這股彈力，因為這種華麗的飛行（充滿柔情、慾望和卑微）會把我帶回妻子的身邊，每一次新的背叛都讓我更愛她。」

「所以對您來說，那個叫做露珍娜的護士只是為您一夫一妻制的愛情做了一次確認。」

「是的。」小喇叭手說：「而且是一次極為愉快的確認。因為露珍娜在初次見面的時候非常迷人，另一個優點是，她的魅力過了兩小時就徹底耗盡了，所以根本不會讓人繼續沉迷，彈簧會把我彈射到華麗的軌道上，送我回家。」

「親愛的朋友，過度的愛是一種罪惡的愛，您無疑是最好的證明。」

「我想，我對妻子的愛是我唯一可取之處。」

「那您就錯了。您對妻子過度的愛，不是在您冷漠無情的對立點上，也無法彌補您的無情，這種過度的愛是您無情的根源。由於妻子就是您的一切，所以別的女人對您而言是一文不值，換句話說，對您而言她們都是妓女。可是這是對上帝的創造物極大的不敬和褻瀆。我親愛的朋友，這種愛是一種異端。」

3

伯特列夫把空杯子推開，從桌邊起身，走進浴室。克里瑪先是聽到裡頭傳出水聲，過了一會兒又聽到伯特列夫的聲音說：「您認為我們有權利殺死還沒出生的孩子嗎？」

剛才看到那個留鬍子、頂著光環的聖人畫像時，他感到困惑。在他的記憶裡，伯特列夫是個樂天又隨和的人，他從來沒想過這個人會是教徒。想到他就要聽到一頓說教，他在這溫泉小鎮荒漠裡的唯一綠洲就要被風沙淹沒了，他覺得心裡一陣緊。他哽著嗓子回答：「您也跟那些人一樣認為這是謀殺嗎？」

伯特列夫沒有立刻回答。他終於從浴室走了出來，身上已經穿著西裝，頭髮也梳得服服貼貼。

「謀殺這個說法太容易讓人想到電椅了，」他說：「我要說的不是這個。您知道的，我相信我們必須接受生命，一如上帝賦予我們的生命原貌，這才是第一誡，比〈十誡〉更優先。所有事情都在上帝的掌握之中，我們對這些事的未來一無所知。我想說的是，接受生命，一如上帝賦予我們的生命原貌，就是接受不可預知的事物。一個孩子，這就是不可預知的事物的精華。孩子，就是不可預知的事物本身。您不知道他會變成怎樣，會給您帶來什麼，也正因為如此，所以才必須接受。否則您只會活成半吊子，您會活得像個不會游泳的人，在岸邊划著水走路，而海洋，只有在我們踩不到底的時候，才是真正的海洋。」

小喇叭手指出，那個孩子不是他的。

「就算是這樣好了，」伯特列夫說：「您就老老實實承認吧，如果事情真的落到您頭上，如果孩子真是您的，您還是會堅持要說服露珍娜去墮胎。您會這麼做，是因為您的妻子，是因為您對她的這種罪惡的愛。」

「是的，我承認，」小喇叭手說：「無論如何，我都會逼她去墮胎。」

伯特列夫靠著浴室的門，微笑著說：「我明白您的想法，我也沒打算要讓您改變心意。我已經太老，沒辦法改變世界了。我只是跟您說說我的想法，就這樣而已，就算您做的事違背我的信念，我還是您的朋友，就算我不同意您的做法，我也還是會提供協助。」

小喇叭手端詳著伯特列夫，他剛說最後這句話的聲音溫柔平順，像個充滿智慧的傳教士。他對他感到欽佩。他所說的幾乎是一則聖徒故事、一則道德寓言、一則倫理典範，或是從某一部現代福音書裡抽出來的一個章節。他想要拜倒在他的跟前。（請不要誤會，他是真的感動到忍不住要做出誇張的舉動。）

「我會盡我所能幫助您。」伯特列夫接著說：「我們等一下就去找我的朋友斯克雷塔醫師，他會幫您處理醫療方面的問題。不過請您告訴我，您要如何讓露珍娜做出違背她心意的決定？」

4

小喇叭手說完他的計畫，伯特列夫說：

「這讓我想起自己年輕風流的時候，發生在我身上的一段往事。那時候我在碼頭當搬運工，有個女孩是負責幫我們送飯的。她的心地非常善良，從來不會拒絕任何人。唉，這麼仁慈的心地（還有身體）在男人們心裡激起的，不是感激，而是獸性，結果我是唯一對她保持敬意的，也是唯一沒跟她上過床的。由於我的善意，她愛上我了，如果我一直不跟她做愛，那會讓她感到痛苦和羞辱。不過我們只做了一次，之後我立刻告訴她，我還是會用一種崇高的、精神上的愛繼續愛她，可是我們不能再當情人了。她哭起來，跑走了，她不再跟我打招呼，而且更不加掩飾地投入所有人的懷抱。後來過了兩個月，她跑來跟我說，她懷了我的孩子。」

「所以您也遇過同樣的事！」小喇叭手驚呼。

「啊，我的朋友，」伯特列夫說：「您難道不知道，發生在您身上的事，是全天下的男人都會遇到的嗎？」

「那您是怎麼處理的？」

「我的反應跟您打算要做的完全相同，不過有一點不一樣。您打算假裝深愛露珍娜，可是我呢，我是真的愛著那個女孩。我看到的，是一個被所有人糟蹋的可憐女人，世上只有一個人曾經對她表達過善意，而她不想要失去這種善意。我知道她愛我，我也沒辦法生她的氣，我沒辦法用她那種天真又卑劣的手段去對付她。您聽聽看，我是怎麼跟她說的，我說：『我很清楚你懷的是別人的孩子，可是我也知道你耍這種花招是因為愛，所以我想用愛來回報你的愛。不管這孩子是誰的，如果你願意的話，我要娶你為妻。』」

「這簡直太瘋狂了！」

「可是應該比您精心籌劃的做法有效。我跟那個小蕩婦說了好幾次我愛她，想娶她，也想要那個孩子，結果她哭慘了，她對我承認她騙了我。她說，看到我的仁慈，她明白自己配不上我，她永遠不可能嫁給我。」

小喇叭手說不出話，陷入沉思，伯特列夫又接著說：

「如果您願意把這個故事當作一則道德寓言，我會很高興，請不要試圖讓露珍娜相信您愛她，您要試著真正去愛她，去同情她。就算她在誤導您，也請您試著在這謊言中看見她某種形式的愛。我很確定，接下來她會無法抵擋您的仁慈，她會自己去安排一切，不會再跟您過不去。」

伯特列夫說的話在小喇叭手的心裡留下深刻的印象，可是只要露珍娜的形象在他腦海裡浮現，他就知道，伯特列夫為他啟發的真愛之路根本行不通；那是聖徒之路，不是給凡夫俗子走的。

5

露珍娜在溫泉療養中心的大廳裡，坐在一張小桌旁，靠牆是一整排的床，做完水療的女人都躺在這裡休息。她剛收到兩個新患者的病歷卡片，她填上日期，把更衣室的鑰匙和一條小毛巾、一條白色的大毛巾交給她們。接著，她看了看手錶，從大廳深處往游泳池走去（她只裸身套了一件白色罩衫，因為那些鋪了瓷磚的房間到處都熱氣蒸騰），池裡約莫有二十個光溜溜的女人在神奇的泉水裡划水走路。她喊了其中三人的名字，告訴她們時間到了。女人們乖乖走出泳池，晃著她們淌著水的大乳房，跟著露珍娜走回去躺在床上。她拿大毛巾把她們一個個包好，然後用毛巾的一角擦擦她們的眼睛，再用一條熱毯子把她們裹起來。女人們都對她微笑，可是露珍娜沒有任何回應。

出生在一個每年有一萬個女人造訪，可是幾乎沒有半個年輕男人會來的小鎮，這當然不是什麼愉快的事；這裡的女人如果不改換居住地，她們從十五歲開始，心裡對這輩子所有可能發生的性愛就已經有了底。但是能搬去哪兒呢？她工作的療養中心不會願意放人走，而她的爸媽只要聽到搬家，就會激烈地反對。

沒有愛。這個年輕女人盡力履行她的專業責任，但是她對這些溫泉療養者幾乎沒有任何的愛。可能的原因有三：

羨慕：這些女人丟下丈夫、情人來到這裡，她想像這些女人丟下的世界充滿千百種可能性，就算她的乳房更漂亮，兩腿更修長，五官更端正，她還是無從企及。

除了羨慕，還有不耐煩：這些女人帶著她們遠方的命運來到這裡，她則是一直在這裡過活，年復一年，毫無改變，毫無命運可言；想到自己在這小地方無風無浪地活過好一陣子，她就覺得害怕，雖然她很年輕，但她總是不斷想到，她還沒開始生活，生活就棄她而去了。

第三個原因是一種本能的厭惡，因為她們的人數太多了，這會降低每一個女人作為個體的價值。她被多到可悲的女性胸部包圍，就連她這麼漂亮的胸部也貶值了。

她面無笑意，才剛把那三個女人當中的最後一位包好，瘦同事就探頭進來對她大叫：「露珍娜！電話！」

瘦同事的表情實在太嚴肅了，露珍娜馬上就知道是誰打來的。她紅著臉跑到更衣室後面，拿起話筒，報了自己的名字。

克里瑪說了自己是誰，問她何時有空可以見面。

「我三點下班。我們可以四點見面。」

接下來，他們得說定一個約會地點。露珍娜提議去溫泉療養中心的大啤酒館，那裡整天都有營業。瘦同事一直站在旁邊，眼睛沒離開過露珍娜的嘴唇，她也點頭表示贊成。小喇叭手回答，他想找個兩人可以獨處的地方，他提議開車載她離開溫泉療養中心。

「不必了。你想載我去哪裡！」露珍娜說。

「這樣我們可以獨處。」

「如果你覺得我會讓你丟臉，那就不必走這一趟。」露珍娜這麼說，瘦同事表示贊同。

「我沒有這個意思，」克里瑪說：「我四點鐘在大啤酒館前面等你。」

「太好了，」露珍娜掛上電話，瘦同事說：「他想在隱密的地方見你，可是你得好好安排，越多人看見你們越好。」

露珍娜還是很緊張，這個約會讓她有點心煩。她已經想不起來克里瑪的樣子了，他的長相，他的微笑，他的儀態……他們僅有的一次相遇只給她留下非常模糊的記憶。後來同事們都在追問她小喇叭手的事，她們想知道，他的人怎麼樣？他說了什麼？他脫光衣服是什麼樣？他怎麼做愛？可是她什麼也說不出來，只能不斷重複，「那就像一場夢」。

這可不是陳腔濫調。這個男人——跟她在床上共度兩小時的這個男人——是從海報上走下來和她相會的。有那麼一瞬間，他的相片取得某種立體的真實性，有溫度，還有重量，然後又變回一個沒有形體、沒有顏色的圖像，複製成幾千份，因而顯得更抽象，更不真實。

也因為他當時那麼快就逃回了圖像符號裡，因此，他的完美崇高在她心裡留下不愉快的感覺。她找不到一絲細節可以將他扯下來，讓他變得更靠近。他在遠方的時候，她鬥志昂揚，可是現在感受到他近在眼前，勇氣反而離她而去。

「穩住，」瘦護士對她說：「我會幫你祈禱，趕走厄運。」

6

克里瑪結束跟露珍娜的通話後，伯特列夫挽著他的手臂，帶他去卡爾·馬克思之家，斯克雷塔醫生的診所和住家都在這裡。候診室裡坐著幾個女人，可是伯特列夫毫不猶豫，俐落地敲了四下診間的門。過了一會兒，一個戴眼鏡、鷹鉤鼻、穿白袍的高個兒男人出現了。「請各位稍候片刻。」他對那些坐在候診室裡的女人說，然後引導走廊上的兩個男人走到樓上的公寓。

「大師最近好嗎？」三人都坐定之後，斯克雷塔醫生對小喇叭手說：「什麼時候再來這裡辦一場音樂會啊？」

「我這輩子絕對不會再來了，」克里瑪回答：「這個溫泉小鎮給我帶來厄運。」

伯特列夫向斯克雷塔醫生說明了小喇叭手發生的事，克里瑪接著說：

「我想請您幫忙。我想要先知道她是不是真的懷孕了，有沒有可能只是月經來晚了？還是在跟我演戲？這種事我已經遇過一次了，也是個金髮的。」

「千萬別惹上金髮女人。」斯克雷塔醫生說。

「是啊，」克里瑪表示同意：「我被金髮女人整得很慘。醫師，上一次真的很可怕，我逼她去醫院做檢查，可是懷孕初期什麼都沒辦法確定。於是，我堅持要做老鼠試驗，他們會把尿液注射到老鼠體內，如果老鼠的卵巢腫脹了……」

「就是這個女人懷孕了……」斯克雷塔醫生幫他把話說完。

「她把早上的尿液裝在一個小瓶子裡，我陪著她，結果就在綜合醫院前面，她把玻璃瓶弄掉在人行道上。我連忙撲向那些碎片，想說能搶救幾滴也好！如果有人看到我這麼做，肯定以為她掉的是聖杯。她根本是故意要打破玻璃瓶，因為她知道自己沒有懷孕，她只是想折磨我，而且越久越好。」

「這是金髮女人的典型作風。」斯克雷塔醫生毫不訝異地說。

「您認為金髮女人和褐髮女人之間有某種差異嗎？」伯特列夫說，他對斯克雷塔醫生的女性經驗感到懷疑。

「您說的沒錯！」斯克雷塔醫生說：「金髮和黑髮，這是人類天性的兩個極端。黑髮象徵雄性、勇氣、坦率、行動，而金髮象徵的是陰性、溫柔、軟弱和被動。所以金髮女人在現實裡會是雙倍的女人。公主只能是金髮的，也正因為如此，女人為了要儘可能女性化，她們會把頭髮染成黃色，但是絕不會染成黑色。」

「我實在很好奇，色素如何對人類的靈魂施展影響力？」伯特列夫的語氣充滿懷疑。

「這不是色素的問題。金髮女人會無意識地去順應她的頭髮，特別是把褐色頭髮染黃的那種金髮女人，她會想要忠於頭髮的顏色，於是舉手投足都像個脆弱的生物，像個輕佻的洋娃娃，她會要求別人對她溫柔，為她提供服務，對她獻殷勤，給她贍養費，真要靠自己的話，她什麼都不會，根本就是外表纖細，內在粗俗。所以如果黑頭髮成為世界潮流，我們在這世上會好過得多，這會是史無前例，最有用的社會改革。」

「所以很可能露珍娜也是在跟我演戲。」克里瑪插了話，他想在斯克雷塔醫生說的話裡找到希望。

「不是演戲，我昨天幫她做過檢查，她懷孕了。」醫生說。

伯特列夫看到小喇叭手臉色發白，於是說：「醫師，您是人工流產審查委員會的主席吧。」

「是啊，」斯克雷塔醫生說：「我們星期五要開會。」

「太好了，」伯特列夫說：「這事不能再拖了，我們的朋友可能神經快要繃斷了。我知道在這個國家，你們不是很樂意批准墮胎的申請。」

「一點也不樂意啊，」斯克雷塔醫生說：「這個委員會除了我，還有兩個老太婆，她們代表人民的權力。這兩個老太婆醜得要命，她們痛恨所有來找我們的女人。你們知道世上厭女情結最嚴重的是什麼人嗎？是女人。各位先生，從來沒有一個男人會像女人一樣，這麼痛恨她們這個性別的人——就連克里瑪先生也不會，雖然已經有兩個女人想要他為她們肚子裡的孩子負責了。你們想想，她們為什麼要努力勾引我們？純粹只是想要輕蔑和羞辱她們的女性同胞啊！上帝在女人的心裡灌輸了對於其他女人的仇恨，好讓人類得以不斷繁衍。」

「我就先寬恕您說的這些話吧，」伯特列夫說：「因為我想回頭談我們朋友的事了。委員會裡做決定的還是您吧，您怎麼說，那兩個醜老太婆就怎麼做。」

「做決定的是我沒錯，可是我根本就不想管事了，我做這些事拿不到半毛錢。您說說看，大師，您一場音樂會就賺多少錢？」

克里瑪說的數字讓斯克雷塔眼睛一亮：

「我常在想，我應該靠音樂來賺一點外快，我的鼓打得不錯。」

「您打鼓？」克里瑪刻意表現出感興趣的樣子。

「是啊，」斯克雷塔醫生說：「我們的人民會館有一架鋼琴還有一套鼓，我休息的時候會去打鼓。」

「真是了不起！」小喇叭手驚呼一聲，他很高興有這個機會可以拍拍醫生的馬屁。

「可是我沒有同好可以組個真正的樂團。只有藥劑師的鋼琴彈得很好，我們兩個一起試過幾次。」他突然停下來，若有所思。「嘿！等露珍娜來委員會的時候……」

克里瑪嘆了一口氣。「她願意來的話就好了……」

斯克雷塔醫生做了個不耐煩的手勢：

「她跟其他女人一樣，她會很樂意來的。不過委員會的規定是孩子的父親也要在場，所以您得陪她一起過來。為了不讓您只為這麼點芝麻小事跑一趟，您可以早一天過來，然後我們在晚上辦一場音樂會。一支小喇叭、一架鋼琴、一套鼓。三人樂集。您的大名印在海報上，演奏廳肯定爆滿。您覺得怎麼樣？」

克里瑪對音樂會的技術品質一向是吹毛求疵，如果是兩天前，斯克雷塔醫生的提議會讓他覺得荒唐至極，可是現在，他滿腦子想的都是某個護士的肚子，於是他以某種禮貌性的熱情回應醫生的提問：

「應該會非常精彩！」

「真的嗎？您答應了？」

「當然。」

「那您呢？您怎麼想？」斯克雷塔問了伯特列夫。

「我覺得這想法很棒，不過，只有兩天時間，我不知道你們要怎麼準備。」

斯克雷塔沒答話，只是起身往電話走去。他撥了個號碼，可是沒人接。「最重要的是立刻訂作海報，可惜祕書去吃午餐了。」他說：「至於要借演奏廳，那跟扮家家酒一樣簡單。星期四人民教育學社要在那裡辦戒酒大會，是我的一個同事主持的，如果我拜託他以健康理由告假，他會很樂意。不過，當然，您得在星期四早上過來，我們三個可以一起排練。排練一下總是聊勝於無吧？」

「對，對，」克里瑪說：「排練是一定要的，演出前一定要做準備。」

「我也這麼認為，」斯克雷塔表示贊同：「我們要演奏最厲害的曲目給他們看看。〈聖路易藍調〉（*Saint Louis' Blues*）還有〈當聖徒進入天家〉（*When the Saints Go Marching in*），這兩首曲子我的鼓打得很好，我還有幾段現成的獨奏，我很想知道您聽了覺得怎麼樣。對了，您今天下午有空嗎，不如我們就來試一下？」

「很不巧，今天下午我得去說服露珍娜墮胎。」

斯克雷塔做了個不耐煩的手勢：「您就別擔心這個了！您不必求她她也會答應的。」

「醫師，」克里瑪用哀求的語氣說：「還是星期四吧。」

伯特列夫開口打了圓場：

「我也覺得您等到星期四會比較好，今天我們的朋友看來是沒辦法專心了，而且我看他也沒帶小喇叭過來。」

「說的也是！」斯克雷塔發現確實如此，於是領著兩位朋友往公園對面的餐廳走去。就在過街的時候，斯克雷塔的護士從後頭追上來，拜託醫生回診所。斯克雷塔只好請朋友們原諒，跟著護士回到那些不孕症患者的身邊。

7

露珍娜的父母住在附近的村莊。大約六個月前，露珍娜離開父母，住進卡爾·馬克思之家的一個小房間。天知道她指望這個獨立的房間可以給她帶來什麼，不過她很快就明白了，新房間和新自由帶來的好處，比起先前夢想的，實在是天差地遠。

這天下午三點，她從療養中心回來，發現父親竟然在房裡等她，更讓她不舒服的是，他還大喇喇地躺在長沙發上。父親來得實在不巧，她想把時間都耗在衣櫥裡，她想要梳個頭，想要好好挑一件待會要穿的連身裙。

「你在這裡幹嘛？」

她沒好氣地問。她心裡怪罪門房，因為他認得她的父親，所以每次她不在的時候，他都很主動地幫他開門。

「剛好有個小空檔，」父親說：「我們今天在這裡有勤務。」

她的父親是「公共秩序志願軍」的成員。醫護人員經常嘲笑這些在袖子上縫著臂章，一副煞有介事在街上走來走去的老先生，所以露珍娜總覺得父親做的事很丟臉。

「你高興就好！」她在嘴裡咕噥著。

「你有個從來不會也永遠不會成為害群之馬的爸爸，你應該要覺得很幸福。我們這些退休的，要讓年輕人瞧一瞧，看我們還可以做些什麼！」

露珍娜覺得還是隨他去講比較好，這樣她才能專心挑衣服。她把衣櫥打開。

「我很想知道你們可以做什麼？」她說。

「很多事呢。我的小寶貝，這個小鎮是國際性的溫泉療養中心，結果你看看它是什麼德性！一堆小孩在草地上跑！」

「所以呢？」露珍娜一邊說，一邊找她要穿的連身裙。沒有一件讓她覺得滿意。

「如果只是小孩就算了，可是還有狗！議會早就規定出門遛狗就要上狗鍊，還要戴上嘴套！可是這裡沒人遵守。每個人都是愛怎樣就怎樣，你去公園看看就知道了！」

露珍娜從衣櫥裡拿出一件連身裙，躲在半開的衣櫥門後，開始脫衣服。

「這些狗到處撒尿，連遊樂場的沙堆也不放過！你想想看，要是有個小孩的麵包掉到沙子上怎麼辦！而且，我們也在想，怎麼會有這麼多的疾病！你看，只要睜開眼睛就看得到，」她的父親往窗臺走去，邊走邊說：「現在就有四隻狗在到處亂跑。」

露珍娜剛從衣櫥門後走出來，對著鏡子端詳。可是她只有一面掛在牆上的小鏡子，勉強映出腰部以上的身影。

「我說的事你沒興趣，對吧？」父親問她。

「才不是，我有興趣啊。」露珍娜說著，一邊踮起腳尖往後退，她想看看穿這件連身裙的時候，她的腿好不好看。「你不要生氣，我是因為等一下跟人有約，時間很趕。」

「我只能接受警犬和獵犬，」父親說：「可是我不懂，那些人在家裡養一條狗要做什麼。再這樣下去，女人都不生小孩了，搖籃裡都是貴賓狗了！」

露珍娜對鏡子傳送給她的形象很不滿意，她又回到衣櫥前，想找出一件穿起來比較好看的連身裙。

「我們已經決定了，如果要在家裡養狗，必須在整棟樓的住戶會議裡得到所有住戶的同意。而且，我們還要調高養狗的稅金。」

「我看你很關心這件事啊。」露珍娜說。她很高興自己沒再跟爸媽住在一起。她從小就討厭父親對她說教，對她下命令，她渴望另一個世界，那裡的人們說的是跟他不同的語言。

「這沒什麼好笑，狗，真的是非常嚴重的問題，而且不是只有我這麼想，最高當局的那些人也是這麼想。大概沒有人問過你，什麼事情重要，什麼事情不重要吧。真要有人問你，你當然會回答，世界上最重要的就是你的連身裙。」他看著他的女兒再次躲到衣櫥門後換衣服。

「我的連身裙當然比你的狗重要。」她回了嘴，然後又在鏡子前踮起腳尖，她還是對自己不滿意，可是她對自己的不滿慢慢變成深沉的怒氣，她忿恨地想著，不管她是什麼模樣，小喇叭手都應該會接受她，就算她穿的是這套便宜的連身裙。想著想著，她的心裡浮現某種奇異的滿足感。

「這其實是衛生問題。」她的父親繼續說了下去：「只要狗會在人行道上大便，我們的城鎮就永遠不會有乾淨的一天，而且這也是個道德問題，在這些蓋給人住的房子裡養狗，還照顧得無微不至，這讓人無法接受。」

有件事默默在發生，但是露珍娜並未察覺——她的忿恨和父親的怒氣神祕而幽微地混合了，她對父親不再有剛才那股強烈的厭惡感了；相反的，她在他激昂的話語裡，不知不覺地得到了活力。

「我們家從來沒養過狗，我們也沒覺得少過什麼。」父親說。

她繼續照鏡子，覺得懷孕給了自己前所未有的優勢，不管她覺得自己漂不漂亮，總之小喇叭手專程來看她了，還親切無比地邀她去啤酒館，而且（她看了手錶）就在此刻，他已經在那裡等她了。

「可是我們會好好清掃一下，小寶貝，你等著看吧！」父親笑著說。這一次，露珍娜的回應是溫柔的，她幾乎帶著微笑說：

「爸爸，聽你這麼說，我很高興，不過現在我得走了。」

「我也很高興。我們的勤務等一下又要開始了。」

他們一起走出卡爾．馬克思之家，然後道別。露珍娜慢慢往啤酒館走去。

8

克里瑪始終無法認同自己作為當紅藝術家的名流角色，他無法接受所有人都認識他，尤其在他受到個人問題困擾的此刻，這樣的角色讓他覺得像某種障礙或某種缺陷。他和露珍娜一起走進啤酒館的大廳時，他在衣帽間對面的牆上看見自己的巨幅照片出現在一張從上次音樂會張貼至今的海報上，他覺得很不自在。他帶著這個年輕女子穿越大廳，心裡不由自主地猜想，不知道哪些顧客會認出他。他害怕目光，他認為四面八方都有窺伺、觀察他的眼睛，這些目光緊緊約束著他的一言一行。他覺得有好幾對好奇的眼睛盯著他不放，他盡量不去注意，只是往大廳深處走去，走到靠近大玻璃窗的一張小桌前，那扇窗可以看見公園的綠樹。

他們坐了下來，克里瑪對露珍娜露出微笑，輕撫她的手，還說那件連身裙很適合她。露珍娜謙虛地反對他的讚美，但他堅持，而且試著讓關於她魅力的主題延續了一會兒。他說他對她的外表感到驚奇，他思念了她兩個月，思念到他的記憶開始在腦中為她繪製偏離現實的畫像。最奇妙的是，他說，儘管他對她朝思暮想，但她真實的外表更勝他的想像。

露珍娜提醒小喇叭手，這兩個月他音訊全無，所以她認為他根本沒想過她。

這樣的質疑他早有準備，他露出疲憊的神情對這位年輕女子說，她根本無法想像，他如何度過這麼悲慘的兩個月。露珍娜問他發生了什麼事，可是小喇叭手不談細節，只答說他經歷了一場忘恩負義的大背叛，他突然發現自己在世上孤獨無依，沒有朋友，什麼人都沒有。

他有點擔心露珍娜會追問他惱人之事的細節，他怕自己再扯下去會圓不了謊。他的擔心是多餘的，露珍娜剛才其實對於小喇叭手說他度過一段難熬的時光很感興趣，她也很樂意接受他為兩個月的靜默所提出的辯解，可是他到底遇到什麼麻煩事，她可是一點都不關心。關於這悲傷的兩個月，她感興趣的，只有這悲傷。

「我常常想到你呀，要是可以幫到你，我會很開心的。」

「我實在太沮喪了，甚至害怕見人。一個悲傷的朋友不可能是好伴侶。」

「我也一樣，我也很悲傷。」

「我知道。」他說，一邊輕撫她的手。

「我一直在想，我懷了你的孩子，可是你卻音訊全無，不過我還是會留下孩子，就算你永遠不想再見到我也一樣。我告訴自己，就算我是一個人，至少我還有你的這個孩子。我絕對不會去墮胎。不會，永遠不會……」

克里瑪一時無言；某種無聲的恐怖襲上心頭。

幸好這位漫不經心、有氣無力的服務生剛好停在他們的桌邊，問他們要點什麼。

「一杯干邑白蘭地。」小喇叭手才說完又立刻更正：「兩杯干邑白蘭地。」

又是一陣靜默，露珍娜重拾話頭，低聲說：「不要，我絕對不會去墮胎。」

「別說這種話。」克里瑪打起精神說：「這不是你一個人的事。孩子的問題，這不只是女人的事，而是兩個人的事，一定要兩個人都同意才行，不然事情可能會變得很糟。」

話才說完，他就意識到自己這麼說等於間接承認自己是孩子的父親，此後每次跟露珍娜說話，都要以此為基礎了。他很清楚自己是依計行事，這個讓步是事先就設想好的，但他還是被自己說的話嚇到了。

這時服務生送來兩杯干邑白蘭地：

「您真的是那位小喇叭手克里瑪先生嗎？」

「是的。」克里瑪說。

「是廚房那些女孩認出來的，海報上那個人真的是您嗎？」

「是的。」克里瑪說。

「您大概是所有女人的偶像了，從十二歲到七十歲！」服務生說完又轉頭對露珍娜說：「所有女人都會嫉妒到想把你的眼珠挖出來！」他走遠的時候還數度回頭，對他們微笑，神情裡透露著某種魯莽和放肆。

「不要，我絕對不會把他拿掉。」露珍娜又說了一次：「你也是，有一天，你會很高興有這個孩子的。因為，你知道，我絕對不會向你要求任何東西。希望你不會以為我貪圖你什麼。你放一千一百個心，這件事跟你無關，隨你高興，你可以放手不管。」

世界上沒有比這種要人放心的話更讓人擔心的了。克里瑪突然覺得自己已經無力挽救什麼，他還是放棄好了。他不說話，露珍娜也不說話，於是她剛說出來的那些話陷入沉默之中，小喇叭手感覺自己在這些話語之前，越來越悲慘，越來越無能為力。

可是妻子的形象突然浮現在他的腦海，他知道自己不該放棄，於是他移動他放在大理石桌板上的手，往前伸出去，直到碰到露珍娜的手指。他緊握她的手，對她說：

「忘記這孩子一分鐘吧，孩子根本就不是最重要的事，你相信我們兩人之間沒有其他事情可說了嗎？你相信我只是為了這個孩子才來看你的嗎？」

露珍娜聳了聳肩。

「最重要的是，沒有你，我會很悲傷。我們相處的時間很短，可是我沒有一天不在想你。」

他沒說話，露珍娜提醒他：「這兩個月來，你沒有給我任何消息，而我給你寫過兩封信。」

「別再生我的氣了，」小喇叭手說：「我是故意不跟你聯絡的。我不想跟你聯絡，因為發生在我身上的事讓我害怕，我抗拒愛，我想寫一封長信給你，我甚至寫了好幾張信紙，可是，最後，我全都丟掉了。我從來沒有這樣過，這麼愛，卻又這麼害怕去愛。為什麼不承認呢？我也想讓自己安心，讓自己相信，這種感覺只是一種短暫的迷戀。我告訴自己：如果這樣的情況繼續下去，再持續一個月，那我對她的感情就不是錯覺，而是現實。」

露珍娜溫柔地說：「那你現在怎麼想？是錯覺嗎？」

聽到露珍娜說這句話，小喇叭手知道他的計畫開始奏效了，於是他把這位年輕女子的手握得更緊，繼續說下去，而且越說越順：現在，他終於來到她面前，他明白了，就算讓他的情感接受更久的考驗也沒用，因為一切都很清楚了。他不想談孩子的事，因為對他來說，最重要的不是孩子，而是露珍娜。她懷的孩子之所以有意義，是因為這個孩子召喚了他，把他召喚到露珍娜身邊。是的，是她身上懷的這個孩子把他召喚來這裡，來到這溫泉小鎮，讓他知道自己有多愛露珍娜，所以（他拿起他的干邑酒杯），他們要為這孩子乾杯。

當然，方才激昂的情話帶出的驚人祝酒詞，把他嚇壞了。露珍娜舉起酒杯細聲說：「嗯，敬我們的孩子。」接著一飲而盡。

小喇叭手試著開啟新話題，他想趕快讓露珍娜忘記這不祥的祝酒詞，他也再次強調，他沒有一天不想著露珍娜，他時時刻刻都想著她。

她說在首都，圍繞在小喇叭手身旁的女人一定比她更有魅力。

他說他早就受不了那些女人的故作高雅和矯揉造作。跟這些女人比起來，他喜歡的是露珍娜，他只怨她住的地方離他太遠。她不想來首都工作嗎？

她答說她比較喜歡首都，可是要在那裡找到工作並不容易。

他露出優越的微笑，說他跟首都的那些醫院關係很好，他不必費力就可以幫她找到工作。

他就這樣跟她聊了很久，握著她的手不放，甚至沒留意有個不認識的少女靠近了他們。少女一點也不擔心煞風景，她熱情地說：「您是克里瑪先生！我一眼就認出來了！我想說，可不可以跟您要個簽名！」

克里瑪臉紅了。他握著露珍娜的手，而且在公共場所，在眾目睽睽之下，對她公開示愛。他心想，這裡就像是古代的露天競技場，所有人都化身為開心的觀眾，帶著惡意的微笑，看著他搏鬥求生。

少女遞給她一小張紙，克里瑪想盡快在上頭簽名了事，可是他沒帶筆，少女也沒有。

「你有筆嗎？」他問露珍娜，聲音很輕。他說話這麼小聲，確實是因為怕被少女發現他跟露珍娜的親暱，怕被發現他們以「你」相稱，而不是「您」。可是他立刻意識到，要說親暱，比起他被露珍娜握住的手，以「你」相稱根本不算什麼。於是他提高音量，又問了一次：「你有筆嗎？」

結果露珍娜搖了搖頭，少女只好走回她的桌位借筆。同桌的男孩、女孩們抓住機會，趕緊跟著她一起去找克里瑪。他們遞給他一支筆，又從記事本撕下幾張紙，讓他在上頭簽名。

從計畫的觀點來看，一切都很順利。見證他們親暱的人數越多，露珍娜就越容易相信克里瑪愛她。可是，不管怎麼分析，非理性的焦慮依舊讓小喇叭手跌入了恐慌的深淵。他開始想像這些人都是露珍娜的同謀。在混亂的心緒裡，他想像所有人都在一場親子關係的訴訟裡，做出對他不利的證詞：「是的，我們看見他們在一起，面對面，像情人那樣坐著，他撫摸她的手，她深情地看著他的眼睛……」

小喇叭手的虛榮心更增添了他的擔心；其實，他覺得露珍娜不夠漂亮，他覺得自己不該握她的手。這對露珍娜其實有點不公平，平常的她比此刻在他眼中的她漂亮多了，而且，愛情會讓我們覺得心愛的女人更漂亮，而一個令人害怕的女人所引發的焦慮，則會讓她臉上最細微的缺陷被放大到不成比例……

「我很不喜歡這個地方，」他們的身邊終於沒別人了，克里瑪說：「你想不想開車去兜兜風？」

她很好奇，想看看他的車子是什麼模樣，於是答應了。克里瑪付了帳，兩人一起走出啤酒館。啤酒館前面的廣場中間是公園，寬闊的林蔭道上鋪著黃沙。大約十個男人在那裡站成一列，轉往啤酒館的方向過來。這些人多半是老先生，所有人都在皺巴巴的衣服上戴了紅色臂章，手上執著一支長杆。

克里瑪驚訝地問道：「那是什麼？」

露珍娜回答：「什麼都不是啦，告訴我，你的車子停在哪？」她加快腳步把克里瑪帶走。

可是克里瑪的目光離不開這些人，他想不通，他們在這些長杆的末端加個鐵絲圈，可以拿來幹嘛。會不會是點燃煤氣路燈的工人？還是守候飛魚的漁夫？也或許是配備神祕武器的民兵？

正當他盯著他們看的時候，他覺得當中有個男人對他露出微笑。他很害怕，他甚至對自己也感到害怕，他心想，他可能已經開始產生幻覺，不管看到誰，都覺得他在跟蹤他，觀察他。他任由露珍娜拉著他，一直走到停車場。

9

「我想帶你去很遠的地方。」他的右手摟著露珍娜，左手握著方向盤。「到南方去，我們開車，沿著海，沿著峭壁長長的公路走。你去過義大利嗎？」

「沒有。」

「那你得答應我，跟我一起去。」

「你會不會有點誇張？」

露珍娜這麼說只是為了表現矜持，可是小喇叭手立刻心生警戒，彷彿這句「你會不會有點誇張」是針對他的花言巧語而來，彷彿此刻的露珍娜已經看穿他的話術。可是，他已經無路可退了：

「是啊，我是很誇張，我永遠都有些瘋狂的想法。我就是這樣。可是我跟其他人不一樣，我會去實現那些瘋狂的想法。相信我，沒有比實現瘋狂的想法更美好的事了。我希望我的人生就是一連串瘋狂的想法。我希望我們不要再回這個溫泉小鎮，我想要一直開車，不停地開，一直開到海邊。在那裡，我會在一個樂團找到位子，我們會沿著海岸，走遍每一個海水浴場。」

他把車停在一處可以眺望美景的地方。下車後，他提議去森林散步。他們走著，走了一會兒，在一張木頭長椅上坐了下來。椅子很舊，在它被製造出來的那個年代，人們比較少開車，比較喜歡在森林裡散步。克里瑪依然摟著露珍娜，他突然用悲傷的聲音說：

「所有人都以為我活得很快樂，這真是天大的誤會。其實，我非常不快樂，而且不只是這幾個月，我這樣已經好幾年了。」

雖然露珍娜認為去義大利旅行的想法很誇張，而且不免有點懷疑（她的同胞很少有人可以去國外旅行），但是克里瑪最後幾句話流露的悲傷對她來說卻有一種宜人的香味，她像是聞到烤肉那樣嗅著。

「你怎麼可能不快樂？」

「我怎麼可能不快樂……」小喇叭手嘆了一口氣。

「你很有名，你有一輛帥氣的車子，你有錢，你有個漂亮的妻子……」

「漂亮，或許，是的……」小喇叭手痛苦地說。

「我知道，」露珍娜：「她不年輕了，她跟你一樣年紀，對吧？」

小喇叭手聽得出來，露珍娜應該是把他妻子的底細查得一清二楚了，這讓他很生氣。可是他接著說：「是的，她跟我一樣年紀。」

「可是你，你並不老，你看起來像個孩子。」露珍娜說。

「只是，男人需要比他年輕的女人，」克里瑪說：「一個藝術家更是如此。我需要青春，你不會明白的，露珍娜，你不會知道我有多麼迷戀你的青春氣息。我感到一股瘋狂的渴望，我想讓自己得到自由，我想要讓一切重新開始，讓一切都不一樣。露珍娜，你打來的那通電話，昨天……我突然確定了，那是命運傳遞給我的訊息。」

「真的嗎？」她柔順地說。

「不然我立刻回你電話，你覺得是為了什麼？就這麼一瞬間，我覺得我不能再浪費時間了。我要立刻見到你，立刻，立刻……」他閉上嘴，久久望著她的眼睛，然後說：

「你愛我嗎？」

「愛呀，那你呢？」

「我瘋狂地愛著你。」他說。

「我也是。」

他向她傾身，將他的嘴覆在她的嘴上。那是一張氣色很好、青春、漂亮的嘴，唇形又美又柔軟，牙齒仔仔細細刷過，一切都很完美，而他在兩個月前因為無力抗拒而親吻了這兩片嘴唇也是事實。可是，正因為這張嘴一直誘惑著他，他透過慾望的薄霧凝望這張嘴，根本對它的真實樣貌一無所知——當時，舌頭在這張嘴裡宛如火焰，唾液則是醉人的醇酒。直到現在，這張嘴的誘惑才煙消雲散，才突然現出原型，現出真實的嘴，也就是說，變回一個孜孜不倦的開口，通過它，這個年輕女人已經吃進不知多少立方公尺的薯泥麵糰子（knödel）、馬鈴薯和湯，裡頭的牙齒有幾處銀粉的小填補，唾液也不再是醉人的醇酒，而是痰的嫡親。小喇叭手被露珍娜的舌頭塞了滿嘴，感覺像是吃了一大口不太開胃的東西，難以下嚥，但要吐出來卻又很失禮。

熱吻終於結束，他們起身離開。露珍娜幾乎是快樂的，可是她清楚意識到，自己當初打電話給小喇叭手的動機（小喇叭手也因此被迫趕來和她見面）一直和他們的談話維持著某種奇怪的距離。其實她也不想一直談這話題，他們現在聊的，她還覺得比較愉快，也比較重要。不過，她還是希望此刻被悄然無聲帶過的這個動機可以出現，就算以祕密、低調或非常含蓄的方式出現都好。所以，儘管克里瑪發表了各式愛情宣言，宣稱不惜任何代價都要跟她一起生活，最後露珍娜還是提醒他：

「你真的很好，可是我們不能忘記，我已經不只是一個人了。」

「對。」克里瑪說。他知道這是他從一開始就擔心的時刻，這是他的花言巧語當中最脆弱的環節。

「對，你說得沒錯，」他說：「你不是一個人，可是這不是最重要的事。我想跟你在一起，是因為我愛你，不是因為你懷孕了。」

「嗯。」露珍娜說。

「婚姻如果沒有其他理由，只因為不小心懷了一個孩子，那真是最可怕的事了。而且，親愛的，請允許我實話實說，我希望你像從前一樣，我希望只有我們兩個，中間沒有別人。你明白我的意思嗎？」

「可是這不可能啊，我沒辦法接受，我永遠沒有辦法。」露珍娜抗議。

她之所以這麼說，不是因為心裡真的這麼想。兩天前，她才從斯克雷塔醫生那裡得到懷孕的確切保證，事情才剛確定，她還有點不知所措，還沒有一整套精打細算的計畫，只是滿腦子想著自己懷孕了。她把這當成一件大事，而且是不會再輕易降臨的機緣。她像是西洋棋裡的小兵，剛抵達棋盤的底線，變身為皇后。她一想到自己得到這種從天而降、前所未有的權力，就覺得好開心。她發現在她的召喚下，事情動了起來，鼎鼎大名的小喇叭手從首都過來看她，駕著奢華的汽車載她去兜風，向她發出愛的宣言。她沒辦法不這麼想，她的懷孕跟這突如其來的權力有所關聯。如果她不想放棄這種權力，她就不可以放棄懷孕。

所以小喇叭手必須繼續推著大石頭往山上走：「親愛的，我想要的不是家庭，而是愛情。對我來說，你就是愛情，而有了孩子，愛情就會向家庭讓步，向煩惱讓步，向擔心讓步，向單調乏味讓步。情人也會向母親的角色讓步。對我來說，你不是母親，而是情人，我不想跟任何人分享你，就算跟一個孩子分享我也不要。」

這些話非常動聽，露珍娜聽得很開心，可是她卻搖著頭說：「不行，我做不到。這畢竟是你的孩子，我沒辦法拿掉你的孩子。」

克里瑪找不到新的論點，只好一直重複同樣的臺詞，他很怕她會從他的話裡嗅出虛偽。

「你也三十多歲了，難道都沒想過要有孩子嗎？」

確實，他從來就不想要孩子，他太愛卡蜜拉了，他不想要有個孩子在卡蜜拉身邊，讓自己心煩。他剛才對露珍娜的信誓旦旦並非憑空編造，這些年來，他其實就是這麼對妻子說的，一字不差，真心誠意，坦率無欺。

「你結婚六年了，你們都沒有小孩，我好高興可以幫你生一個孩子。」

他發現苗頭整個不對了。他對卡蜜拉的愛，那種獨特的愛的特質被露珍娜誤以為是他的妻子不孕，結果反而讓她義無反顧，想要挺身而出。

天氣開始變冷，太陽落到地平線的下方，時間一直過去，克里瑪反覆說著他已經說過的話，露珍娜也重複著「不行，不行，我做不到」。克里瑪覺得自己走進一條死巷，他已經不知如何是好，他以為自己就要全盤皆輸了。他太緊張，緊張到忘記要握住她的手，忘記要親吻她，忘記要在聲音裡加入溫柔。意識到這些疏失讓他心生恐懼，他努力讓自己鎮靜下來。他停下腳步，對露珍娜微笑，將她摟在懷裡。這是疲憊的擁抱，他抱住她，他的頭緊緊貼著她的臉，這是一種倚靠、休息、喘息的方式，因為他應該還有一段長路要走，而他已經筋疲力盡。

可是露珍娜也沒有退路了，她跟克里瑪一樣，她能說的也都說完了，她覺得面對自己想要征服的男人，總不能沒完沒了地說著「不行」。

擁抱持續了很久，克里瑪鬆開手臂，讓露珍娜離開他懷抱的時候，露珍娜低著

頭，用順從的聲音對他說：「好啦，你告訴我，我該怎麼做。」

克里瑪不敢相信自己的耳朵。這句話來得太突然，完全出乎意料，讓他大大鬆了一口氣。這口氣鬆得太過頭，他費了好大的勁才克制住自己，不要表現得太明顯。他輕撫年輕女子的臉頰，跟她說斯克雷塔醫生是他的朋友，她唯一要做的就是三天之後去委員會，他會陪她過去，沒什麼好怕的。

露珍娜沒有反對，於是克里瑪又有興致演出他的角色了，他摟著露珍娜的肩，不停地親吻她（他太開心了，他的吻又再次被薄霧籠罩）。他反覆說著露珍娜應該搬來首都，甚至一再重提海濱的旅行。

之後，太陽消失在地平線，森林裡夜幕低垂，一輪明月出現在縱樹林的上方。他們往車子的方向走回去。快要走到馬路時，有一束光照在他們兩人的身上。一開始他們以為是因為有車經過附近，亮著車頭燈，但他們很快就發現顯然不是，因為那個車頭燈一直對著他們。光束來自一輛停在馬路對面的摩托車，一個年輕人坐在上頭看著他們。

「走快一點嘛，拜託你！」露珍娜說。

他們來到車旁的時候，坐在摩托車上的男人站了起來，往他們身邊走來。小喇叭手只看到一個晦暗的身影，因為停在對面的摩托車從背後照亮了那個男人，車燈的光直射小喇叭手的眼睛。

「你過來！」那個男人衝向露珍娜：「我有話要跟你說。有些事我們得談一談！我們有很多事要談！」他吼叫的聲音充滿焦躁和不安。

小喇叭手也很焦躁不安，但他心裡升起的其實只是某種不受尊重的惱怒。他大聲說：「這位小姐是和我在一起的，不是和您在一起。」

「您也一樣，您搞清楚，我也有話要跟您說！」陌生男子對著小喇叭手大吼大叫：「您以為您是名人就可以為所欲為！您知道您正在誘拐她嗎？您把她騙得團團轉！這對您來說太容易了！換成是我，我也做得到！」

露珍娜趁摩托車騎士跟小喇叭手說話的時候鑽進車裡，摩托車騎士撲向車門。可是車窗都關著，露珍娜摁下收音機的開關，車裡傳出鬧哄哄的樂聲。接著小喇叭手也上了車，把車門鎖上。樂聲震耳欲聾，從車窗望出去，只見一個男人咆哮的身形，還有指天畫地的兩條手臂。

「那個人是瘋子，我走到哪，他就跟到哪。」露珍娜說：「快點，拜託，趕快開車！」

10

他停好車，陪露珍娜走回卡爾·馬克思之家，他吻了她一下，當她消失在門後，他感覺到一連失眠四夜的那種疲憊。時間不早了，克里瑪餓了，他覺得自己沒力氣再開車上路，他想聽聽伯特列夫說些讓人安心的話，於是穿過公園走到瑞奇蒙旅館。

來到旅館入口，他看到路燈照亮的一張大海報，嚇了一跳。海報上用笨拙的粗體字寫著他的名字，底下的字比較小，寫的是斯克雷塔醫生和藥劑師的名字。海報是手繪的，上頭看得到一幅業餘畫作，畫的是一把金色的小喇叭。

小喇叭手認為斯克雷塔醫生這麼迅速就安排了音樂會的廣告，這是個好兆頭，這速度似乎在告訴他，斯克雷塔是個值得信賴的人。他跑著上樓，敲了伯特列夫的門。

沒人應門。

他又敲了一次，還是一片寂靜。

他還來不及去想自己會不會來得不是時候（這位美國人以數不清的風流韻事著稱），他的手已經轉動了門把。門沒上鎖。小喇叭手走進房裡，停下來。他什麼也沒看到，只見到房裡一角發出一片亮光。那不像日光燈管的白光，也不像燈泡的黃光，那是一種奇怪的光，讓整個房間泛著淡淡的藍。

這時，這個遲來的念頭才爬上小喇叭手魯莽的指頭，提醒他，就這樣闖進別人家裡，是不是太冒失了，時間這麼晚，又沒有收到任何邀約。他擔心自己失了禮，趕緊退回走廊，把門關上。

可是他實在太困惑了，結果他沒有離開，而是繼續杵在門口，努力想著那奇怪的光究竟是怎麼回事。他心想，說不定他的美國朋友裸著身子在房裡，正在用紫外線燈具做日光浴。這時，門打開了，伯特列夫出現了。他沒有裸身，他穿著早上的那套西裝，他對小喇叭手說：「很高興您過來看我，請進。」

小喇叭手好奇地走進房裡，可是房間的光來自天花板的一盞普通吊燈。

「我怕會打擾到您。」小喇叭手說。

「別這麼說！」伯特列夫答道，一邊指著窗口說：「我只是在想事情，沒別的。」小喇叭手一直以為，剛才的藍光是從那裡來的。

「剛才我進來的時候——請原諒我就這樣闖進來——我看到一種非常奇特的光。」

「一種光？」伯特列夫說著笑了出來：「別對懷孕這件事太認真，您已經產生幻覺了。」

「還是說，因為我是從走廊進來的，而那裡是一片漆黑。」

「是有可能。」伯特列夫說：「不過，還是聽您說說事情進行得怎麼樣吧！」

小喇叭手開始說，伯特列夫聽了一會兒之後打斷他：「您餓不餓？」

小喇叭手點點頭，伯特列夫從櫃子裡拿出一包餅乾和一個火腿罐頭，順手把包裝打開。

克里瑪說了下去，他貪婪地吞嚥他的晚餐，帶著探詢的眼神望著伯特列夫。

「我想一切都會很順利。」伯特列夫的話總是很撫慰人心。

「那麼，依您的看法，在車子旁邊等我們的那個傢伙是誰？」

伯特列夫聳聳肩：「我完全沒概念。不過無論如何，那一點也不重要。」

「沒錯。我還是來想想該怎麼跟卡蜜拉解釋，為什麼這場研討會開了這麼久。」

時間已經很晚了。小喇叭手的心裡得到撫慰，他安心了。他坐上駕駛座，往首都駛去。一路上，一輪巨大的明月一直陪伴著他。

第三天

1

時間是星期三早上，溫泉療養中心剛剛甦醒，愉快的一天又開始了。泉水注入浴池，按摩師按壓著赤裸的背。一輛汽車剛在停車場停妥，不是昨天停在同一處的那種豪華轎車，而是我們在這個國家常見的那種普通車子。開車的男人約莫四十五歲，獨自一人，車子的後座塞滿行李。

男人下了車，鎖上車門，給了停車場管理員一枚五克朗的硬幣，然後往卡爾·馬克思之家走去；他沿著走廊一直走到寫著斯克雷塔醫生名字的那扇門前。他走進候診室，敲了診間的門。一位護士出現，男人報了來歷，斯克雷塔醫師走出來見他：

「雅庫！你什麼時候到的？」

「剛才！」

「太棒了！我們有好多事要聊。你聽我說……」斯克雷塔醫師想了一下說：

「我現在還走不開，你跟我一起來檢驗室，我借你一件醫師袍。」

雅庫不是醫生，他也從來沒進過婦科診間，可是斯克雷塔醫生已經緊緊抓住他的胳膊，把他拉進一個白色的房間，房裡有個脫了衣服的女人，兩腿張開躺在診療檯上。

「拿一件白袍給醫師。」斯克雷塔對護士說。護士打開衣櫥，拿了一件白袍遞給雅庫。「你來看，我要讓你確認我的診斷。」他對雅庫這麼說，邀他來到病人身邊。這位女患者顯然很開心，想到雖然自己這麼努力還是沒產出任何後代，但是現在有兩位醫學權威要來研究她神祕的卵巢了，她覺得非常滿意。

斯克雷塔醫生繼續對女患者進行體內觸診，他用拉丁文說了幾個字，雅庫也嘰咕咕表示同意，斯克雷塔接著問道：「你會待多久？」

「二十四小時。」

「二十四小時？這什麼可笑的時間，太短了，根本什麼都聊不到！」

「您這樣碰我的時候會很痛。」兩腿抬高的女人說。

「是要有點痛才正常，沒關係。」雅庫這麼說。他想逗他的朋友開心。

「是的，醫師說得沒錯。」斯克雷塔說：「這沒什麼，很正常。我要安排您做一整套的注射。您每天早上六點鐘過來，讓護士幫您注射。您可以把衣服穿上了。」

「其實，我是來跟你道別的。」雅庫說。

「道別，這是什麼意思？」

「我要出國了。我拿到移民許可了。」

他們說話的時候，女人穿好衣服，向斯克雷塔醫生和雅庫說了再見。

「真讓人吃驚！我真沒想到！」斯克雷塔醫生很驚訝：「既然你來跟我道別，那我要把這些女人都趕回去。」

「醫師，」護士插了嘴：「您昨天也是把她們趕回去。這星期結束的時候，我們會有一堆患者！」

「好吧，那叫下一位進來。」斯克雷塔醫生說完嘆了一口氣。

護士叫了下一位患者，兩個男人漫不經心地看了她一眼，發現她比前一位患者漂亮。斯克雷塔醫生問她泡完溫泉有什麼感覺，然後請她把衣服脫掉。

「我等了快一輩子，他們才發給我護照。可是才拿到護照兩天，我就準備好要離開了。我不想跟任何人告別。」

「你能來這裡走一趟，我很高興。」斯克雷塔醫生說。他請年輕女子爬到診療檯上。他戴上一只橡膠手套，把手伸進女病人的身體裡。

「我只想見你和奧嘉。」雅庫說：「希望她過得很好。」

「她很好，一切都好。」斯克雷塔說，不過從他說話的聲音聽來，他其實不知道自己跟雅庫說了什麼，他全副精神都集中在女病人的身上：「我們要來進行一個小小的治療。」他說：「請別害怕，您絕對不會有任何感覺。」然後他走向一個小玻璃櫃，從裡頭拿出一個注射器，注射器的頂端不是一根針，而是一個細細的塑膠套筒。

「這是什麼？」雅庫問道。

「在我漫長的執業生涯裡，我研發了一些極為有效的新方法。或許你會覺得我自私，不過我暫時把這當成我的祕密。」

兩腿張開躺著的女子問道：「這會痛嗎？」她的聲音比較像在撒嬌，而不是害怕。

「一點也不會。」斯克雷塔醫師答道。他小心翼翼地把注射器伸入一只試管裡，然後走到年輕女人的身邊，把注射器插入她的兩腿之間，再將活塞柄推進注射器裡。

「會痛嗎？」

「不會。」女患者說。

「我會過來，也是為了要把藥片還給你。」雅庫說。

斯克雷塔醫生幾乎沒留意到雅庫的最後一句話，他一直忙著處理他的女患者，他一臉嚴肅，若有所思地把她從頭到腳檢視一遍，然後說：「您的情況如果不生孩子的話真是太可惜了，您的腿很長，骨盆發育得好，胸廓很漂亮，還有一張那麼討人喜歡的臉。」

他輕輕碰了女病人的臉，摸了摸她的下巴，然後說：「漂亮的下巴，凹凸有致，一切都很完美。」

接著他握住她的大腿說：「您的骨骼非常結實，我簡直可以看到它在您的肌肉裡頭閃閃發亮。」

他繼續這樣讚美了女患者幾分鐘，一邊輕輕摸著她的身體。她沒有抗議，也沒發出輕佻的笑聲，因為醫生對她展現興趣的態度十分嚴肅，這讓他的觸摸遠遠超越了羞恥的界限。

他終於示意要她穿上衣服，然後轉身對他的朋友說：

「你剛才說什麼？」

「我說我來是要把藥片還你。」

「什麼藥片？」

年輕女子邊穿衣服邊說：「那麼，醫師，您認為我有希望成功嗎？」

MILAN KUNDERA

「我非常滿意。」斯克雷塔醫生說：「我想，治療的進展很順利，我們兩人——您和我——都可以期待成功的到來。」

年輕女子道了謝，走出診間。這時雅庫說：「幾年前，你給了我一粒沒有人願意給我的藥片。現在我要離開了，我相信我永遠用不到它了，我想我應該把它還給你。」

「你就留著吧！這粒藥片在別的地方跟在這裡一樣有用。」

「不，不，這粒藥片是這個國家的一部分，我想把所有屬於這個國家的都留在這裡。」雅庫說。

「醫師，我要叫下一位進來囉。」護士說。

「把這些女人都趕回去，」斯克雷塔醫生說：「我今天工作夠了。您到時候就知道了，剛才那一位一定會有孩子。我一天做到這樣也夠了吧，不是嗎？」

護士同情地望著斯克雷塔醫生，可是一點也沒有打算照做的意思。

斯克雷塔醫生理解了這個眼神，於是說：「好吧，別趕她們走，跟她們說我半小時就會回來。」

「醫生，昨天也是說半小時，結果後來我還到街上追著您跑。」

「別擔心，小可愛，我半小時就會回來。」斯克雷塔說。他請他的朋友把白袍還給護士。

接著他們走出建築物，穿過公園，來到瑞奇蒙旅館。

2

他們上了二樓，沿著紅地毯來到走廊盡頭。斯克雷塔醫生打開一扇門，和他的朋友一起走進一個狹窄但很舒適的房間。

「你真大方，」雅庫說：「每次都會在這裡為我留個房間。」

「現在我在走廊這頭有好幾個房間是留給我特別的患者住的。你房間旁邊的轉角，有個漂亮的公寓，從前是給部長和工廠老闆們住的。我讓我最珍貴的患者住在那裡，是個有錢的美國人，他的家族是這裡的人。他有點算是我的朋友。」

「那奧嘉住在哪裡？」

「跟我一樣，住在卡爾．馬克思之家。她住這裡不錯，你別擔心。」

「重要的是，有你在照顧她，她還好嗎？」

「她有女人常見的問題，神經衰弱。」

「我在信裡跟你提過她生命中的經歷。」

「大部分的女人來這裡都是為了求孕。以你監護的這個孤兒的情況來看，她最好是不要隨便生小孩。你看過她全裸嗎？」

「老天！我怎麼可能看過！」雅庫說。

「那好，去看看吧！她的乳房好小，像兩顆李子垂在胸口，肋骨一根根看得好清楚。下次你仔細看胸廓，一個真正的胸廓應該是要咄咄逼人、向外擴張的，要長得像要耗掉越多空間越好。可是呢，有些胸廓是處於防禦狀態，它們面對外在世界是退縮的，就像精神病患穿的束縛衣，會把人越束越緊，最後會讓人徹底窒息。她的情況就是這樣。你叫她讓你看看。」

「我才不會這麼做。」雅庫說。

「你在害怕，如果你看了之後，就不想再當她的監護人了。」

「才不是，」雅庫說：「我怕我會對她有更多的同情。」

「我的老朋友，」斯克雷塔說：「這美國人真是個非常奇怪的傢伙。」

「我在哪裡可以看到她？」雅庫問道。

「看到誰？」

「奧嘉。」

「你現在找不到她的，她在做她的療程，應該整個早上都在泡溫泉。」

「我想要見她。可以打電話給她嗎？」

斯克雷塔醫生拿起話筒，撥了號碼，他跟朋友的對話也沒有停：「我想把他介紹給你認識，你得幫我好好研究他。你是傑出的心理學家，你一定可以看穿他。我對他有一些盤算。」

「什麼盤算？」雅庫問道，可是斯克雷塔醫生已經在講電話了：

「露珍娜嗎？您還好嗎？……您別擔心，依您的情況來說，這些不舒服是很常見的。我想問您，現在游泳池裡有沒有一位我的患者，就是住您隔壁的那位……有嗎？好的，請告訴她，她有一位從首都來的訪客，請她不要亂跑……是的，中午他會在療養中心前面等她。」

斯克雷塔掛上電話。「所以，你聽見囉，你中午就會見到她。真是要命，我們到底講到哪了？」

「講到那個美國人。」

「對，」斯克雷塔說：「這傢伙非常奇怪。我把他太太醫好了，他們本來沒辦法生小孩。」

「那他呢，他在這裡治療什麼？」

「心臟。」

「你說你對他有一些盤算。」

「說起來丟人啊，」斯克雷塔憤憤不平地說：「在這個國家，一個醫生要過體面的日子，就得被迫做這種事！克里瑪，那個有名的小喇叭手要來這裡，我得去幫他打鼓當伴奏！」

雅庫沒把斯克雷塔說的話當一回事，可是他假裝很吃驚：「什麼，你要打鼓？」

「是啊，我的朋友！我還能怎麼樣呢，現在我就要有家庭了！」

「什麼！」雅庫驚呼，這次他真的嚇了一跳：「家庭？你的意思不是說你結婚了吧？」

「當然是啊。」斯克雷塔說。

「跟蘇西？」

蘇西是溫泉療養中心的醫生，她是斯克雷塔的女朋友，兩人的關係已經維持好幾年了，可是直到現在，斯克雷塔總是有辦法在最後一刻成功逃離婚姻。

「是啊，跟蘇西，」斯克雷塔說：「你也知道，我每個禮拜天都跟她一起去山頂的觀景臺。」

「所以，你還是結婚了。」雅庫的聲音帶著憂鬱。

「每次我們爬到那裡，」斯克雷塔說了下去：「蘇西就會試著說服我，說我們應該要結婚。我實在爬山爬得太累，覺得自己老了，覺得我只剩下結婚一條路了。可是到最後，我都還是主宰了自己的命運。當我們從觀景臺下來的時候，我的精神又來了，我又不想結婚了。可是有一次，蘇西帶我們繞路，上山的路走了好久，我還沒爬到山頂就答應要結婚了。現在，我們在等孩子出生，我得多想想錢的事情。這個美國人也畫一些宗教圖卡，我們可以靠這個大賺一筆。你覺得呢？」

「你認為宗教圖卡有市場嗎？」

「市場可大了！我的老朋友，只要在朝聖的日子到教堂旁邊擺個攤子，一張賣一百克朗，我們就發財了！我可以幫他賣畫，賺的錢平分。」

「那他同意嗎？」

「這傢伙錢多到不知道要怎麼花，我大概沒辦法說服他跟我一起做生意。」斯克雷塔說完補了一聲咒罵。

3

奧嘉明明看到護士露珍娜在泳池旁邊對她揮手，可是她繼續游泳，裝作沒看見。這兩個女人都不喜歡對方。斯克雷塔醫生讓奧嘉住在露珍娜隔壁的小房間，露珍娜習慣把收音機開得很大聲，而奧嘉喜歡安靜，好幾次她敲打牆壁，得到的回應是這位護士把音量調得更大。

露珍娜堅持不懈地揮手，終於成功地向女患者發布消息，告訴她首都來的訪客中午會過來等她。

奧嘉知道那是雅庫，心裡感到無比喜悅。她隨即為這喜悅感到驚訝：為什麼我一想到要再見到他，就會這麼開心？

奧嘉其實屬於這類現代女性，她可以讓自己分裂成生活的人和觀察的人。可是就連作為觀察者的奧嘉也很開心，因為她很清楚，奧嘉（過生活的那位）這麼心花怒放實在太過分了，而由於她不懷好意，這種過火的反應讓她很開心。想到這裡，她不禁露出微笑——如果雅庫知道她的開心這麼猛烈，一定會嚇壞。

游泳池上方的時鐘指著正午差一刻。奧嘉思忖著，如果她撲上去勾住雅庫的脖子，帶著滿滿的愛意親吻他，他會有什麼反應。她游到池邊，出了泳池，然後去更衣室換衣服。她感到一絲遺憾，為什麼他們不在早上就讓她知道雅庫要來，這樣她就可以穿得好看一點。現在，她穿的只是一件不起眼的灰色小套裝，這壞了她的好心情。

有些時候（譬如幾分鐘前，她在池裡游泳的時候），她會徹底忘記自己的外表。可是現在，她呆立在更衣室的小鏡子前，看著自己身穿灰色套裝。幾分鐘前，想到自己可以撲上去勾住雅庫的脖子，熱情擁吻他，她還不懷好意地笑了。只是，她是在游泳池裡想到的，那時她在游泳，沒有身體，彷彿某種脫離肉體的思緒。可是現在，她突然有了身體，還有一件套裝，她和那個歡樂的空想已經相隔幾百里，她也知道，她確實就是雅庫眼裡的那個樣子——一個楚楚可憐又需要幫助的小女孩——這讓她感到非常氣憤。

如果奧嘉笨一點，她會覺得自己真是個美女。可是她是個聰明的女孩，她反而認為自己的樣子比現實的自己還醜，其實說真的，她不醜也不漂亮，任何有正常審美觀的男人都會願意和她共度良宵。

可是因為奧嘉喜歡讓自己一分為二，而觀察的奧嘉在此刻打斷了過生活的奧嘉：她的長相是這樣或那樣很重要嗎？為什麼她要為鏡子裡的模樣感到痛苦？難道她只是男人眼裡的目標嗎？難道她只是把自己放到市場上的商品嗎？她不能獨立於她的外表而存在嗎？至少像任何一個男性那樣不行嗎？

她走出溫泉療養中心，看到一張感動又充滿善意的臉。她知道他不會向她遞出手，而是會輕輕撫摸她的頭髮，像在摸一個乖巧的小女孩。當然，他是這麼做了。

「我們去哪裡吃午餐？」他問道。

她提議去溫泉療養者的食堂，她坐的那張桌子還有空位。

食堂是個寬闊的大廳，裡頭擺滿桌子，到處人擠人，都是來吃午餐的。雅庫和奧嘉坐下來等了很久，一位女服務生才幫他們在湯盤裡盛了湯。同桌還有另外兩人，她們試著和雅庫交談，她們立刻就把他當成平易近人的療養者大家庭的成員，以至於雅庫只能在餐桌閒談的話語之間，零零碎碎地問了奧嘉一點生活小事：她對這裡的食物滿意嗎？她對醫生滿意嗎？她對這裡的療程滿意嗎？問到她住哪裡的時候，奧嘉回答說，她有個討厭的鄰居。她的頭輕輕往旁邊一勾，指著不遠處的一張桌子，露珍娜正坐在那裡用餐。

同桌的陌生飯友向他們告辭之後就離開了，雅庫望著露珍娜說：「黑格爾對希臘人的長相有個奇怪的見解，他認為希臘人的輪廓之所以美，是因為他們的鼻子和額頭形成一種獨特的線條，讓頭的上半部（智性與靈性之所在）凸顯出來。相反的，我看你那位鄰居，她整張臉的重點都在那張嘴上。你看她咀嚼的時候多麼認真，還可以同時大聲說話。黑格爾應該很討厭這種重點在下半部的臉吧，這張臉的重點是在動物性的那個部分，可是這個讓我莫名反感的女孩，確實相當漂亮。」

「你覺得？」奧嘉的聲音透露出敵意。

雅庫連忙改口：「總之，我很怕被這種反芻類動物的嘴嚼碎。」接著又說：「黑格爾對你應該會比較滿意。你的臉，主要特徵是額頭，大家立刻就知道，你很聰明。」

「這種推論，我很受不了，」奧嘉激動地說：「它想要證明一個人的相貌就是他靈魂的印記。這根本荒唐得要命。我想像我的靈魂有個尖尖的翹下巴，豐厚性感的嘴唇，可是我的下巴小，嘴巴也小。如果我從來沒照過鏡子，如果我得根據我對自己的內在認識描繪我的外表，那麼這幅畫像跟你看到的我，根本不會有任何相似的地方！我根本不是我看起來的那樣！」

4

要用一句話來描繪雅庫對奧嘉的心態實在不容易。她是他朋友的女兒，朋友在奧嘉七歲的時候被處決了，雅庫於是決定負起照顧這個小孤女的責任。他沒有孩子，這種沒有約束力的父親身分讓他很著迷，出於好玩，他都說奧嘉是受他監護的孤兒。

現在他們來到奧嘉的房間，奧嘉插上電爐的插頭，放上一小鍋水，雅庫心裡有數，他知道自己下不了決心對她說明來意。他不敢對她直說，他是來告別的，他怕這消息帶著過度悲愴的色彩，讓他們之間產生某種多愁善感的氛圍，他覺得這並不適當，他從很久以前就懷疑奧嘉偷偷愛上他了。

奧嘉從櫥子裡拿出兩個杯子，在裡頭倒了一些即溶咖啡粉，再注入剛煮開的水。雅庫加了一塊糖，攪了攪，然後就聽到奧嘉對他說：「拜託你告訴我，雅庫，我父親到底是什麼樣的人？」

「為什麼？」

「他真的不必為任何事負責嗎？」

「你到底在想什麼？」雅庫很驚訝。奧嘉的父親已經正式平反了一段時間，他們也已經為這位被判死刑並且處決的政治人物宣告無罪了。沒有任何人懷疑他的清白。

「我不是那個意思，」奧嘉說：「我要說的剛好相反。」

「我不明白你要說什麼。」雅庫說。

「我在想，他難道沒有對其他人做過別人對他做的那種事？他和那些把他送上絞刑臺的人根本沒什麼差別，他們有同樣的信仰，他們是同樣的狂熱分子，他們都認為就算最小的分歧也會為革命帶來致命的危險，他們很多疑。他們為了神聖的事情把他送上死亡之路，而這些事，他自己也相信。所以，他怎麼不會對其他人使出別人對付他的手段呢？」

雅庫猶豫了一下才說：「時間實在過得太快，過去的事越來越難理解了。你對你父親的事還知道什麼呢？除了他們大發慈悲發還給你的幾封信、幾頁日記，其他就是朋友們對他的一點回憶吧？」

奧嘉還是不放過他：「你為什麼要逃避？我問你的問題清清楚楚：我父親是不是跟那些把他處死的人一樣？」

「是有可能。」雅庫聳聳肩。

「那為什麼他就不可能做出同樣殘酷的事？」

「理論上，」雅庫回答的速度慢到不能再慢：「理論上，他是有可能跟那些人一樣，做出他們對他做過的事。世上沒有誰不能心安理得地把鄰人送往死亡之路，總之，至少在我的經驗裡，我從來沒遇過這種人。從這個角度來看，如果有一天人們改變了，那麼人就會失去人的基本特質，他們就不再是人，而是另一種生物了。」

「我真是太崇拜你們了！」奧嘉大叫，她以第二人稱複數對著成千上萬的雅庫呼喊：「你們把所有人都變成殺人犯，這麼一來，你們自己的殺人行為就不再是罪行，而只是人類無可避免的一種特質了。」

「大多數人的生活都在家庭和工作之間，在田園詩一般的圈子裡。他們活在一個超越善惡的平靜國度。當他們看到一個人殺了人，他們是真心感到驚駭，可是這時候，只要讓他們走出這個平安無事的國度，不知怎麼，他們就會變成殺人犯。人類對某些考驗和誘惑低頭，只會發生在一些遠離歷史的空隙裡，而這是沒有人可以抵抗的。不過講這些完全沒有意義，對你而言，你父親在理論上有可能做什麼並不重要，因為這根本就無法驗證。你唯一應該在意的是他做了什麼，或者他沒做什麼。在這方面，他是問心無愧的。」

「你有絕對的把握嗎？」

「絕對是這樣，沒有人比我更瞭解他。」

「我真的很高興聽到你這麼說，」奧嘉說：「我會這麼問，不是剛好想到，而是因為我收到一些匿名信已經好一陣子了，信上說，如果我以為自己是烈士遺族，那就錯了，因為我父親在被處決之前，也送了一些無辜的人進監牢，這些人唯一的錯，就是跟我父親看待這個世界的觀念不同。」

「這太荒謬了。」

「他們在這些信裡把我父親描述成一個冥頑不靈的狂熱分子，一個殘酷的人。這些信當然都是匿名的、惡意的，可是並不愚蠢。這些信寫得很具體、明確，不誇張，我讀完幾乎要相信他們了。」

「這種報復的手段一直沒變，」雅庫說：「我要告訴你一些事，他們逮捕你父親的時候，關在監獄裡的人幾乎都是革命政權在第一波恐怖時期送進去的。這些囚犯認出他是共產黨的高幹，只要一找到機會，大家就撲上去揍他，揍到他失去知覺，而監獄管理員卻露出虐待狂的微笑，冷眼旁觀。」

「我知道。」奧嘉說。雅庫這才想起，剛剛說的這段往事，他已經跟奧嘉說過

很多次了，他也老早就告訴自己不要再提，可是他做不到，就像出過車禍的人沒辦法禁止自己一再想起。

「我知道。」奧嘉又說了一次：「不過我並不驚訝。這些人被送進監獄，沒經過審判，經常連個理由都沒有。突然間，他們看見他們認為該為這件事負責的人就出現在眼前！」

「從你父親穿上囚衣的那一刻起，他就成為所有囚犯當中的一員了，傷害他根本沒有任何意義，而且監獄管理員還看得那麼得意。這只是一種卑鄙的報復。這是最可恥的欲望，去踐踏一個沒有能力抵抗的受害者。你收到的那些信，就是同一種報復手段的產物，我看到的是，這種報復方式歷久不衰。」

「可是，雅庫！監獄裡畢竟關了十萬人啊！裡頭有幾千人永遠不會再回來了！可是從來沒有一個主事者受到懲罰！這種報復的欲望其實只是一種渴求正義卻不可得的欲望！」

「要報復父親，對象卻是與正義無關的女兒。你要記得，因為你父親，你失去了家，你被迫離開你居住的城市，你不能上大學。就因為一個死去的父親，一個你幾乎不認得的父親！因為你父親，你現在還得被其他人迫害嗎？我要把我這輩了最悲傷的發現告訴你：被迫害者不會比迫害者高尚，我完全可以想像他們的角色對調。你呢，你可以在這樣的論述裡看到想為你父親卸責的渴望，這說法把責任推給了造物者，因為是祂把人創造成這樣的。你這樣看事情的話，或許很好，因為如果你得出了罪人與受害者沒有差別的結論，這就是將一切希望揚棄[1]，而這就是我們所謂的地獄，我的小可愛。」

5

露珍娜的兩位同事迫不及待地想知道，前一晚跟克里瑪的約會結果如何，可是她們在療養中心的另一頭當班，一直到下午三點才跟露珍娜碰上面，問了她一堆問題。

露珍娜吞吞吐吐，不想回答，最後終於用不太肯定的語氣說：「他說他愛我，他要娶我。」

「看吧！我早跟你說了！」瘦的那個同事說：「那他要離婚嗎？」

「他說要。」

「他不能不這麼做，」中年同事開心地說：「你就要有個孩子了，而他的妻子沒有。」

說到這裡，露珍娜只好說出實情了：「他說他會讓我去布拉格，他要幫我在那裡找工作，他說我們要一起去義大利度假，可是他不想要我們立刻就有孩子。其實他說得沒錯，一開始這幾年是最美好的，如果我們有了孩子，就不能好好享受兩個人的世界了。」

中年同事愣了一下：「什麼，你要去墮胎？」

露珍娜點點頭。

「你昏頭了！」瘦瘦的同事大喊。

「你被他耍得團團轉啊，」中年同事說：「孩子一拿掉，他就會一腳把你踢開。」

「為什麼？」

「要來打賭嗎？」瘦同事說。

「可是他愛我啊！」

1. 語出：但丁《神曲・地獄篇》。

「你怎麼知道他愛你？」中年同事說。

「他親口說的！」

「那他為什麼兩個月都沒有消息？」

「他害怕愛情。」露珍娜說。

「什麼？」

「你們要我怎麼解釋嘛！他怕他會愛上我。」

「所以他音訊全無？」

「那是他給自己的一個考驗，他想要確定他沒辦法忘記我。這是可以理解的，不是嗎？」

「所以，」中年同事接著說：「他一知道你懷了孩子，就突然明白自己沒辦法忘記你了。」

「他說我懷孕他很高興，不是因為孩子，而是因為我打電話給他，他才明白他愛我。」

「老天，你真是個白痴！」瘦同事大叫。

「我不懂為什麼我是白痴。」

「因為這個孩子是你唯一擁有的東西，」中年同事說：「如果你把孩子拿掉，你就什麼都沒有了，他會把你當成一只破鞋。」

「我想要的是，他是因為我才要我，不是因為孩子。」

「你以為你是誰啊？他為什麼要因為是你才要你？」

她們激動地討論了好久，兩個女人不停地對露珍娜說，孩子是她唯一的王牌，不可以放棄。

「告訴你，換作是我，我絕對不會去墮胎，絕對不會，你懂嗎？絕不！」瘦同事斬釘截鐵地說。

露珍娜變得像個小女孩，她說了（同樣這句話，在前一天晚上讓克里瑪重新燃起活下去的欲望）：「好啦，你們告訴我，我該怎麼做。」

「不要讓步。」中年同事說。她打開衣櫥的抽屜，從裡頭拿出一小罐藥片：「喏，吃一粒！你已經撐不住了，這會讓你冷靜下來。」

露珍娜把藥片放進嘴裡，吞了下去。

「這瓶你帶著，這裡有用藥指示：一天三次，每次一粒。不過你只要在需要冷靜的時候吃就可以了。你太焦慮了，別再做傻事，也別忘了他是個狡猾的傢伙，他不是第一次做這種事！不過這次，他想脫身可沒那麼容易！」

她又不知道該怎麼做了。片刻之前，她還以為自己已經下定決心，可是同事的說法聽起來也很有道理，於是她又動搖了。她從溫泉療養中心的樓梯走下來，心頭亂糟糟。

大廳裡有個激動的年輕男子急匆匆地向她走來，她羞愧得紅了臉。

「我跟你說過，不要來這裡等我，」她惡狠狠地瞪著他：「昨天你都做出那種事了，我真不明白，你怎麼還有臉來這裡！」

「拜託你別生氣！」年輕男人無助地大喊。

「噓！」露珍娜大叫：「你不要來這裡吵吵鬧鬧，我告訴你！」她轉身就要走人。

「你不要說走就走，我就不會在這裡吵！」

她無計可施，大廳裡有幾位療養者走來走去，不時還有穿白袍的人從他們附近走過。她不想引起別人的注意，只好待在那裡，裝出一副若無其事的樣子：「那你要我怎麼樣？」她低聲說。

「沒怎麼樣，我只是來請你原諒我。我真的為我做過的事感到後悔，可是我拜託你，你發誓你們之間沒有什麼。」

「我已經跟你說過我們之間沒有什麼了。」

「那你發誓！」

「你不要像個孩子似的，我不會為這種蠢事發誓。」

「那是因為你們之間不知道發生了什麼事。」

「我已經跟你說過沒有了。如果你不相信，我們之間就沒什麼好說了。他只是我的朋友，難道我不可以交朋友嗎？我很看重他，我很高興他是我的朋友。」

「我知道，我一點都沒有怪你的意思。」年輕男子說。

「他明天在這裡有一場演奏會，我希望你不要監視我。」

「如果你敢發誓你們之間沒有什麼，我就不會。」

「我已經跟你說過了，我不會降低自己的格調為這種事情發誓。不過我可以發誓，只要你再監視我一次，你這輩子就別想再看到我。」

「露珍娜，我會這麼做是因為我愛你。」年輕男子語帶憂傷。

「我也是。」露珍娜的回答很簡潔。「可是我不會因為這樣，就在公路上大吵大鬧。」

「那是因為你不愛我，你覺得我丟臉。」

「你別說傻話。」

「你從來就不讓我跟你一起出現，也不跟我一起出去……」

「噓！」露珍娜又警告他一次，因為他的聲量又拉高了。「我爸爸會把我殺了，我已經跟你解釋過，他一天到晚盯著我。可是現在，你不要生氣了，我得走了。」

年輕男子緊抓著她的手臂說：「不要這麼快就走。」

露珍娜無奈地望著天花板。

年輕男子說：「如果我們結婚，事情就不一樣了，你父親就沒話說了，我們會有個孩子。」

「我不想要有孩子，」露珍娜激動地說：「我寧可自殺，也不想要有孩子！」

「為什麼？」

「因為，我就是不想要孩子。」

「我愛你，露珍娜。」他又說了一次。

露珍娜答道：「就因為這樣，你想要我自殺，是嗎？」

「自殺？」年輕男子很驚訝。

「對！自殺！」

「露珍娜！」年輕男子說。

「你會讓我走上那條路！我跟你保證！你這就是在逼我自殺！」

「我今天晚上可以過來嗎？」年輕男子低聲下氣地問她。

「不行，今天晚上不行。」露珍娜說完，想到還是得安撫他才行，於是語氣緩和下來：「弗蘭提塞克，你可以打電話來這裡，可是要等到星期一才可以打。」

她說完轉身就走。

「等一下，」年輕男子說：「我帶了東西要給你，是跟你道歉的禮物。」

他遞給她一個小包裹。

她收下，快步走到外頭的路上。

6

「斯克雷塔醫師真的是個怪人嗎？還是說，他其實是裝的？」奧嘉問雅庫，

「這問題從我認識他以來，就一直在問自己。」雅庫回答。

「怪人如果可以讓人尊敬他們的怪異，他們的生活都挺美好的。」奧嘉說：

「斯克雷塔醫師的心不在焉簡直不可思議，他會講話講到一半，卻忘記自己一秒鐘以前說的話。有時候，他在街上開始跟人鬥嘴，等走到診所的時候，已經遲到兩小時了。可是沒人敢說他什麼，因為他的怪是大家公認的，只有粗野的鄉下人才會認為他沒有當怪人的權利。」

「不管他怪不怪，我相信他把你照顧得不錯。」

「大概吧，不過這裡的人都覺得診所不是他最重要的事，那只是為了讓他沒辦法再去投入一堆更重要的事。譬如說明天，他還要去當鼓手！」

「等等，」雅庫打斷奧嘉的話：「所以這件事是真的囉？」

「當然啊！整個療養中心貼滿了海報，說是著名的小喇叭手克里瑪明天要來這裡開演奏會，斯克雷塔醫師要幫他打鼓伴奏。」

「真是不可思議，」雅庫說：「聽到斯克雷塔醫師想要打鼓，我一點也不驚訝。斯克雷塔是我認識的人當中最會發夢的，可是我還沒見過他實現任何一個夢想。我們是在大學認識的，那時候斯克雷塔沒什麼錢，老是身無分文，然後滿腦子都是賺錢的花招。那時候，他做了個計畫，要弄一條母的威爾斯㹴犬來養，因為有人跟他說，這個品種的幼犬一隻可以賣四千克朗。他立刻計算出來，母狗每年可以懷孕兩次，每次生五隻小狗。五乘以二等於十，四千乘以十等於每年四萬克朗。他什麼都想好了。他費盡千辛萬苦，終於讓學生餐廳的經理點頭答應幫忙——把每大廚房的剩菜留給他的母狗。他住的學生宿舍規定禁止養狗，於是他每星期都送一束玫瑰花給女舍監，直到她答應為他破例。他花了兩個月的時間為母狗打點住處，可是我們都知道他永遠不會有狗，因為他得要有四千克朗才能買狗，而沒有人借他這筆錢，也沒有人認真把這當一回事，所有人都當他在做白日夢，而他當然是竭盡所能，無所不用其極，不過終究只是停留在想像的國度。」

「這實在太迷人了，但我還是不明白你對他的那種奇怪的感情。他甚至沒辦法讓人信賴，他沒辦法準時抵達，他會忘記前一天晚上答應別人的事。」

「話也不能這麼說，他從前幫了我很多忙，其實，從來沒有人幫過我這麼多忙。」

雅庫把手伸進外套胸前的口袋，拿出一張摺疊了數次的薄紙。他把紙攤開，薄紙上出現一粒淡藍色的藥片。

「這是什麼？」奧嘉問道。

「毒藥。」

雅庫品味了好一會兒奧嘉充滿訊問意味的沉默，然後才說：「這藥片我帶在身上十五年了。我坐了一年的牢，之後我明白了一件事，那就是你至少要能夠確信，你終究可以主宰自己的死亡，你可以選擇死亡的時辰和方式。有了這種確信，你就可以承受很多事了。你知道你可以從他們的手中逃脫，只要你想要。」

「你坐牢的時候帶著這粒藥片嗎？」

「可惜沒有！不過我一出獄就弄到手了。」

「在你不再需要的時候？」

「在這個國家，你永遠不知道什麼時候會需要這種東西，而且對我來說，這是原則問題，每個人都該在他成年的那天得到這種毒藥，還要有個莊嚴的儀式。這不是要鼓勵他自殺，事情剛好相反，這是要讓他活得更自信，更自在，讓他知道自己可以主宰自己的生死，讓他在這樣的情況下活著。」

「那你是怎麼弄到手的，這顆毒藥？」

「斯克雷塔原本是生化學家，他在一家藥廠工作。我起初是去拜託另一個人，可是這個人認為，拒絕給我毒藥是他的道德責任。斯克雷塔則是連一秒鐘都沒有猶豫，就幫我做了這粒藥片。」

「可能因為他是個怪人吧。」

「或許。不過也因為他了解我，他知道我不是歇斯底里的人，會去搞自殺那一套。他明白我真正在意的是什麼。今天我要把這粒藥片還給他，我已經不需要了。」

「所以，所有的危險都過去了嗎？」

「明天早上我要永遠離開這個國家了，我受邀去一所大學教書，有關單位已經給我出國的許可了。」

終於說出來了。雅庫看著奧嘉，發現她在微笑。她拉著他的手說：「真的嗎？這真是個好消息！我太為你高興了！」

奧嘉表現出某種事不關己的喜悅——換作是雅庫知道奧嘉要去國外，過更好的日子，他應該也會有同樣的反應吧。他感到驚訝，因為他一直擔心奧嘉對他有愛慕之情。他很高興事情並非如此，不過，他竟然覺得有點氣惱，他自己也嚇了一跳。

奧嘉對雅庫告訴他的事太感興趣了，結果忘記問他那粒淡藍色藥片的事（此刻正放在他們兩人之間，一張皺巴巴的薄紙上），而雅庫也只得向她詳實報告未來工作的一切相關細節。

「我實在太高興了，你成功了。在這裡，你永遠都是個受到懷疑的人，他們甚至不讓你去做你的本行，不只如此，他們還花時間去宣揚對於祖國的愛。一個禁止你工作的國家，要人家怎麼去愛它？我可以告訴你，我從來沒有愛過我的祖國。我這樣很壞嗎？」

「我不知道。」雅庫說：「我真的不知道。以我的情況來說，我過去還滿愛這個國家的。」

「也許我很壞，」奧嘉接著說：「不過我不覺得我跟這個國家有任何關聯。這裡有什麼可以讓我留戀的嗎？」

「就算是痛苦的回憶，也是約束著我們的一種關聯。」

「把我們約束在哪裡？讓我們留在我們出生的這個國家嗎？我不明白為什麼有人沒把肩上的重擔卸下來，卻可以談論自由。那就像一棵樹在自己的家，卻無法長大。樹只要找到新鮮的土壤，那裡就是它的家。」

「那你呢？你在這裡有找到新鮮的土壤嗎？」

「算是有吧。現在他們總算讓我念大學了，我想要的，都有了。我想研究我的生命與地球科學，其他我什麼都不想聽。這個政權又不是我創造的，我沒有任何責任。對了，你什麼時候走？」

「明天。」

「這麼快？」她握住他的手說：「拜託你嘛，你都這麼好，來這裡跟我告別了，就別這麼急著走吧。」

事情始終跟他想的不一樣，奧嘉既不像一個暗戀他的年輕女人，也不像養女，會對他表現出子女的那種愛，與情慾無涉的愛。奧嘉流露出某種意味深長的溫柔，她握住雅庫的手，凝望他的眼，又說了一次：「別急著走嘛！如果你來這裡只是為了跟我告別，那對我來說是完全沒有意義的。」

雅庫有點不知所措。「再看看吧，」他說：「斯克雷塔也想說服我待久一點。」

「你一定要待久一點，」奧嘉說：「總之，我們沒有多少時間給對方了，現在我得回去做溫泉浴了……」她想了一下，決定哪兒也不去了，因為雅庫在這裡。

「不行，不行，你得回溫泉中心，你不能不把療程當一回事，我陪你過去。」

「真的嗎？」奧嘉問道，她的聲音裡洋溢著幸福。然後她打開衣櫥，不知在找什麼。

淡藍色的藥片在攤開的薄紙上，擱在桌上，而奧嘉——世上只有她聽雅庫說過這粒藥片的存在——卻俯身在打開的衣櫥裡，背對著這顆毒藥。雅庫心想，這粒淡藍色的藥片是他的生死大戲，一齣被人遺棄的戲，幾乎被人遺忘而且大概也沒人在意。他心想，是時候該放下這齣乏味的戲了，他該快速地向這齣戲告別，把這齣戲拋到身後。他用那一小張紙把藥片包好，一起塞進外套胸前的口袋。

奧嘉從衣櫥裡拿出一個袋子，放了一條毛巾進去，再把衣櫥的門關上。「我好了。」她對雅庫說。

7

露珍娜坐在公園的長椅上，天知道她坐了多久，而且她動不了，或許是因為她的思緒也動不了，一直固定在唯一的一個點上。

昨天她還相信小喇叭手對她說的話，不只是因為那些話很動聽，也因為這樣事情比較簡單——這麼一來，她就可以安心了，因為她放棄了她根本沒有力氣去打的那場仗。可是，聽了同事們的冷嘲熱諷，她又開始懷疑小喇叭手了，而且一想到他，心裡就恨，她擔心自己不夠機靈，不夠頑強，贏不了他。

她撕開包裝紙，毫無好奇心地拆開弗蘭提塞克送給她的小包裹。裡頭是一個淡藍色的紡織物，露珍娜看出來他送的是一件睡衣；他想要每天看到她穿著這件睡衣；每

一天，很多天，一輩子。露珍娜望著布料的淡藍色，她感覺自己看到這一小塊藍色在擴散，漫延，變成水塘，水塘裡注滿善意和忠誠，注滿奴性的愛，最終將她淹沒。

她比較恨誰？不想要她的那個人，還是想要她的那個？

就這樣，她被這兩種恨釘在公園的長椅上，不知道身旁發生了什麼事。這時，一輛小巴士靠著人行道停下來，後頭跟著一輛綠色的廂型貨車，露珍娜聽到車上傳來狗的嚎叫和吠叫聲。小巴士的車門打開，車上走下來一個老人，袖子上縫著紅臂章。露珍娜愣愣地望著前方，有那麼一會兒，她不知道自己看到了什麼。

這位老先生對著小巴士高聲下了命令，另一個老人就下了車，他的袖子也縫著紅臂章，手上拿著一根三米的長杆，杆子的末端有一圈鐵絲。其他男人也下了車，在小巴士前面排好隊，他們全都是些老先生，都戴著紅臂章，手上也都拿著配備鐵絲圈的長杆。

第一個下車的男人手上沒有杆子，他負責發號施令；老先生們像一隊手持長矛的怪異騎兵，執行了幾次立正、稍息的口令。接著，那個男人大聲下了另一道命令，整隊老人就往公園衝了過去。他們在公園裡散開，每個人都往不同的方向奔跑，有些往林蔭道那邊去，有些往草地去。公園裡有療養者在散步，有孩子在玩，所有人都突然停下來，驚訝地看著這些配備長杆的老先生展開攻擊。

露珍娜也從呆滯的冥想裡清醒過來，她不再發愣，觀看著公園裡發生的事。她在這群老先生裡認出了自己的父親，她厭惡地看著他，但是一點也不驚訝。

一隻雜種狗從樺樹下的草地跑過去，一位老先生立刻往那隻狗衝過去，狗兒驚訝地看著老先生。老人揮舞手上的長杆，試圖將鐵絲圈伸到狗頭前面，可是杆子很長，老人的手又沒力，結果撲了個空。鐵絲圈在狗頭旁邊晃來晃去，狗兒好奇地看著。

可是就在這時候，另一個手臂比較粗壯的退休老人趕來幫忙了，狗兒最後還是被鐵絲圈困住了。老人拉起長杆，鐵絲陷入毛茸茸的頸子裡，狗兒發出一聲哀號。兩個退休老人哈哈大笑地走了，他們拖著狗兒在草地上，一直走到停在公園外的車旁。他們打開廂型貨車的大車門，車裡傳出一陣陣吠叫；他們把這隻雜種狗甩進車裡。

對露珍娜來說，眼前的這一切，不過是她自己的故事的縮影。她是個不幸的女人，困在兩個世界之間——克里瑪的世界拒絕她，而弗蘭提塞克的世界，她想要逃離（這個平庸又無聊的世界，這個失敗與屈服的世界）。弗蘭提塞克的世界化身為退休老人突擊隊，來這裡找她，彷彿要用鐵絲圈把她拖走。

公園另一頭，鋪著黃沙的小路上，一個大約十歲的小男孩絕望地呼喊著他迷失在灌木叢裡的小狗，可是往這孩子跑去的不是他的狗，而是露珍娜的父親，手裡還握著一根長杆。小男孩立刻把嘴閉上，不敢再喊他的狗，他知道老人會把狗抓走。小男孩往小路衝出去，想要擺脫老人，可是老人也開始奔跑。現在，他們並肩跑著，露珍娜的父親拿著杆子，小男孩則是邊跑邊哭。小男孩突然一個轉身，繼續往回跑。露珍娜的父親也跟著轉身，於是兩人又並著肩跑了。

一條臘腸狗從灌木叢跑出來，露珍娜的父親把杆子伸向牠，可是狗兒突然跑走，跑到小男孩身邊，小男孩把狗兒從地上舉起來，抱在身上。其他老人也趕過來助露珍娜的父親一臂之力，要把臘腸狗從孩子的懷裡扯出來。孩子大哭大叫，跟他們打了起來，於是老人們扭住他的兩條手臂，還摀住他的嘴，因為他的叫聲引來太多路人的注意。這些路人遠遠看著，但是不敢介入。

露珍娜不想再看到父親和他的同夥，可是她能去哪裡？她的小房間有一本偵探小說還沒看完，可是她沒興趣，戲院上映的電影她也看過了，瑞奇蒙旅館的大廳有一臺電視永遠開著。她選了電視。她從長椅上起身，老人的喧譁從四面八方湧向她，她回過神來，想到肚子裡的內容物就開始緊張，她心想，這東西是神聖的，這東西改變了她，讓她高貴起來，讓她跟這群追捕野狗的瘋子有所不同。她心想，她不可以放棄，她不可以屈服，因為，在她肚子裡的是她唯一的希望，是她唯一一張通往未來的入場券。

走到公園另一頭的時候，她看到了雅庫，他站在瑞奇蒙旅館前面的人行道上，觀看公園裡上演的這一幕。她只在午餐的時候見過這個人一次，不過她記得。因為暫住她隔壁的那個女孩，每次只要她的收音機有點太大聲，這女孩就會敲打牆壁，她討厭這女孩到了極點，所以她總是既專注又厭惡地把跟這女孩有關的一切都看在眼裡。

她不喜歡這個男人的長相，她覺得他一臉嘲諷，露珍娜討厭嘲諷。她一直覺得嘲諷（任何形式的嘲諷）就像個武裝的哨兵，守在未來的入口，露珍娜想從那裡進去，可是哨兵以審訊者的目光打量她，搖搖頭，拒絕了她。她挺起胸，決定挺著她高傲挑釁的乳房，挺著她驕傲的肚子，從這男人的前面走過。

可是這個男人（她只用眼角的餘光觀察他）突然用輕柔的聲音說：「來這裡……跟我過來……」

一開始她搞不懂為什麼這男人會對她說話，他聲音裡的溫柔令她困惑，不知如何回應。可是後來，她轉過頭，看見一隻肥壯的拳師狗跟在她後面跑來，這隻狗的

臉，以人類的角度來看實在很醜。

雅庫的聲音引起那隻狗的注意，他抓住牠的頸圈對牠說：「跟我走，不然你就逃不掉了。」狗兒對著雅庫抬起牠信任的頭，牠的舌頭垂掛在那裡，像一面快活的小旗子。

這是充滿侮辱的一個瞬間，某種可笑、微不足道但卻又十分明顯的侮辱——這男人竟然沒看見她高傲的挑釁，也沒看見她的驕傲。她以為他在跟她說話，沒想到他是在跟狗說。她從他前面走過，在瑞奇蒙旅館門口的臺階上停下來。

兩個帶著裝備的老人從公園跑出來，衝向雅庫。露珍娜幸災樂禍地看著戲，心裡忍不住跟老人站到了同一邊。

雅庫拉著頸圈，把狗帶往旅館的臺階。這時一個老人對他大喊：「立刻放開那條狗！」

另一個老人則是喊著：「我以法律之名警告您！」

雅庫假裝沒注意到這些老人，繼續往前走，可是後頭有一支杆子順著他的身體慢慢落下來，鐵絲圈在拳師狗的頭上笨拙地搖來晃去。

雅庫抓起長杆的末端，猛然推開。

第三個老人跑來，一邊高喊：「這是違反公共秩序的行為！我要叫警察了！」

另一個老人尖著嗓子大罵：「牠在公園裡跑！牠在遊樂場跑，這可是禁止的！牠在孩子的沙堆上撒尿！您竟然愛狗勝過孩子。」

露珍娜在臺階上看著這場戲，片刻之前她只在肚子裡感受到的驕傲，此刻湧上全身，讓她充滿反叛的力量。雅庫和那條狗在樓梯上走近她的時候，她對雅庫說：「您沒有權利帶狗進去。」

雅庫語氣平靜地反駁她，可是她已經不能再往後退了。她大喇喇地岔開兩條腿，站在瑞奇蒙旅館寬敞的大門口，繼續說：「這是給溫泉療養者住的旅館，不是給狗住的。這裡禁止狗進入。」

「為什麼您不去拿一根有鐵圈的杆子呢？您也去拿一根呀，小姐！」雅庫一邊說，帶著狗就往門裡走。

露珍娜聽出雅庫的話裡有她非常厭惡的嘲諷，這種感覺把她送回她的來處，那是她不想待的地方。憤怒蒙蔽了她的目光，她一把扯住狗兒的頸圈。現在，他們兩人都抓著頸圈了，雅庫把狗往裡頭拉，露珍娜往外頭扯。

雅庫抓住露珍娜的手腕，把她的手指從頸圈上拉開，他的動作非常暴力，露珍娜踉蹌了一下。

「您寧可看到搖籃裡裝的是狗，也不願看到搖籃裡是小孩！」露珍娜對雅庫大叫。

雅庫轉身，兩人四目交接，一股突如其來、赤裸裸的恨意把他們的目光緊緊結合在一起。

8

拳師狗在房裡好奇地跑來跑去，渾然不知自己剛剛逃過一劫。雅庫躺在長沙發上，思忖著要拿這隻狗怎麼辦。他喜歡這隻狗，活潑又天真，對陌生的房間毫不在意，沒幾分鐘就適應了，還跟一個陌生人變成朋友，無憂無慮到讓人覺得奇怪，甚至近乎愚蠢。狗兒嗅完房間的每個角落之後，跑去趴在雅庫旁邊。雅庫嚇了一跳，但他毫無保留地收下這個同志情誼的記號。他把手放在狗的背脊上，開心地感受動物身上的溫熱。他一直都很喜歡狗，這種動物跟人親近，重感情，忠心耿耿，可是同時，牠們又完全讓人無法理解。我們永遠搞不懂，令人不解的自然界派來這些自信又歡樂的使者，牠們的腦子或心裡到底在想什麼？

他輕輕搔著狗兒的背脊，回想剛才親眼見證的場景。那些拿長杆的老先生和那些獄警、法官還有告密者，在他腦子裡混成一團。那些告密者甚至會監視鄰居，看他們有沒有在購物時談論政治。驅使這些人做出這種陰險勾當的，到底是什麼？是惡念嗎？當然是，可是還有對於秩序的渴望。因為這種渴望，想把人類的世界轉變為一個無機的國度，那裡的一切都屈從於一個不具人格的意志，一切都依此運作，依此運行。對秩序的渴望同時也是對死亡的渴望，因為生命是對於秩序的永恆違犯。或者，倒過來說，對秩序的渴望是個高尚的藉口，它將人與人之間的仇恨行為正當化了。

接著，他想起試圖阻止他和狗兒進入瑞奇蒙旅館的年輕金髮女子，心裡因她升起一股痛苦的恨意。手持長杆的那些老人沒有惹惱他，他很清楚這種人，他知道他們，他從不懷疑他們的存在，也不懷疑他們應該存在，他們永遠是會迫害他的人。可是這個年輕女人，是他永恆的落陷。她很漂亮，她不是以迫害者的身分出現在舞臺上，她是觀眾，因為太入戲而進入了迫害者的角色。雅庫一想到那些看熱鬧的人會自願在行刑時幫忙抓住受害者，他就覺得非常恐怖。因為，隨著時光流逝，劊子手成了一個親近熟悉的人物，而被迫害者卻散發著某種貴族氣息。群眾的靈魂從前認同的是悲慘的被迫害者，如今卻認同迫害者的悲慘。因為在我們這個世紀，對人類的獵捕就是去獵捕既得利益者——那些讀書的人，或那些有狗的人。

他的手感受著動物身體的溫熱，心裡想著，這個年輕的金髮女子是來向他宣告的，她用一個祕密的信號告訴他，他在這個國家永遠不會被愛，而金髮女子作為人民的使者，隨時都準備好要抓住他，把他交給對他揮舞鐵絲圈長杆的那些人。他抱著狗兒，緊緊地擁抱。他心想，不能讓這隻狗在這裡自生自滅，他應該把牠當成迫害的紀念，把牠當成一個逃脫者，帶牠離開這個國家。接著他想，這隻開心的狗兒躲在這裡，像個亡命之徒擺脫了警方的追緝，他覺得這想法很滑稽。

門口傳來敲門聲，斯克雷塔醫師走了進來。他說：「你可回來了，都什麼時候了，我找了你一下午，你晃到哪裡去了？」

「我去看奧嘉，然後……」他想告訴斯克雷塔關於狗兒的事，可是被打斷了。

「我早該想到你會去。真是浪費時間，我們有這麼多事情要聊！我已經跟伯特列夫說你在這兒了，也說好讓他邀請我們兩個去他那裡。」

這時狗兒從長沙發上跳下來，走到斯克雷塔身邊。狗兒用後腳站立，兩隻前腳搭在斯克雷塔的胸口。斯克雷塔搔了搔狗兒的頸背。「好了，鮑伯，好，你很乖……」斯克雷塔的語氣裡沒有一絲驚訝。

「牠叫鮑伯？」

「是啊，是鮑伯沒錯。」斯克雷塔說。他告訴雅庫，這隻狗是一家森林客棧的老闆養的，客棧就在城外不遠的地方；所有人都認識這隻狗，因為牠經常到處遊蕩。狗兒知道他們在說牠，這讓牠很開心。牠搖著尾巴，想舔斯克雷塔的臉。

「你是敏銳的心理學家，」斯克雷塔醫生說：「今天你得幫我好好研究他，我不知道要怎麼樣才能把他搞定，我在他身上有一些大計畫。」

「賣宗教圖卡嗎？」

「宗教圖卡？那算什麼大事！」斯克雷塔說：「我計劃的事比這重要多了。我想讓他收養我。」

「你要他收養你？」

「嗯，收養我做他的兒子。這對我來說非常重要，如果我變成他的養子，我就會自動得到美國國籍。」

「你想移民嗎？」

「沒有，我花了這麼多時間在這裡做實驗，我可不想放棄。而且，我今天得跟你談這事，是因為我的這些實驗需要你。不過有了美國國籍，我就可以拿到美國護照，可以到世界各地自由旅行了。你很清楚，如果不是這樣，一般人是永遠無法離開這個國家的。我真的好想去冰島。」

「為什麼就是要去冰島？」

「那是釣鮭魚的最佳地點。」斯克雷塔接著說：「有點複雜的是，伯特列夫沒有老到夠當我父親，我得向他解釋，收養關係是一種法律地位，跟親生子女的關係完全不一樣，而且理論上，就算他比我年輕，他也可以當我的養父。他或許會懂，可是他的老婆非常年輕，她也是我的患者，而且，後天她就會來這裡。我已經要蘇西去布拉格接機了。」

「蘇西知道你的計畫嗎？」

「當然知道。我已經交代她不計任何代價，一定要博取她未來的婆婆的歡心。」

「那個美國人呢？他怎麼說？」

「這就是最困難的地方，這傢伙根本聽不懂我的暗示，所以我才需要你來研究他，然後告訴我要怎麼對付他。」

斯克雷塔看了看錶，跟他說伯特列夫在等他們了。

「可是鮑伯要怎麼辦？」雅庫問道。

「你怎麼會把牠帶來這裡？」斯克雷塔說。

雅庫於是把他救了狗兒性命的經過說給斯克雷塔聽，可是斯克雷塔沉浸在自己的思緒裡，聽得心不在焉。等到雅庫說完，斯克雷塔告訴他：

「那家森林客棧的老闆娘也是我的患者，兩年前，她生了一個漂亮的寶寶，他們很愛鮑伯，你明天應該把牠帶回去給他們。現在，我們先給牠一顆安眠藥，牠就不會來吵我們了。」

他從口袋拿出一個小罐子，從裡頭拿出一粒藥片，再把狗兒叫過來，撐開牠的嘴，把藥片丟進喉嚨裡。

「再過一分鐘，牠就會進入甜蜜的夢鄉。」說完，他和雅庫一起走出房間。

9

伯特列夫向兩位客人致上歡迎詞，雅庫的眼睛開始在房裡四處張望，然後走到一幅畫著蓄鬍聖徒的畫像前面。「聽說您會畫畫。」他對伯特列夫說。

「是啊。」伯特列夫說：「這是聖拉撒路，我的主保聖人。」

「您怎麼會想到幫他畫上藍色的光環？」雅庫問道，臉上流露驚訝的表情。

「我很高興您問我這個問題。通常，人們看畫的時候，連他們看到什麼都不知道。我畫藍色的光環，單純是因為現實裡的光環就是藍色。」

雅庫再度流露驚訝的表情，伯特列夫接著說：「對上帝的愛特別強烈的人，得到的回報是一種神聖的喜悅，這種喜悅會充滿他們的生命，並且向外散發出來。這種神聖的喜悅之光是安定柔和的，它的顏色是天藍色。」

「等等，」雅庫打斷他的話：「您的意思是，光環不只是象徵？」

「沒錯，」伯特列夫說：「不過您可別以為光環隨時都在聖徒的頭上發光，然後這些聖徒就像小燈籠，在世界各地巡迴。事情當然不是這樣。只有在內心的喜悅非常強烈的特定時刻，聖徒的額頭才會射出藍色的光。在耶穌死後的最初幾百年，那個年代有很多聖徒，很多人都跟他們很熟，沒有人會對光環的顏色有一丁點的懷疑，您可以看到，在那個時候的所有繪畫和壁畫上，光環都是藍色的。一直到第五世紀，畫家們才漸漸開始用不同的顏色來呈現光環，譬如用橘色或是黃色。再到後來，在哥德式的繪畫裡，就全都是金色的光環了。這種光環比較有裝飾性，也比較能傳達塵世的權力和教會的榮光。可是這種光環已經不像真正的光環了，那時候的教會也跟早期的基督信徒不一樣了。」

「這我倒是不知道。」雅庫說。

伯特列夫往酒櫃走去。他問了兩位客人幾句，知道他們想喝什麼，於是把干邑白蘭地注入三只小酒杯，一邊轉頭對斯克雷塔說：

「拜託您了，別忘記那位可憐的父親。我很看重這件事！」

斯克雷塔向伯特列夫保證，一切都會很順利，雅庫一頭霧水，問他們在說什麼。他們說明了事情原委（讓我們讚賞一下這兩位男士優雅的謹慎，即使只有雅庫在場，他們也沒有提到任何人名），雅庫對這位不幸的人父表達了深刻的同情：

「我們當中有誰沒經歷過這種磨難！這是人生的一大考驗。向這種事情屈服，心不甘情不願當了父親的那些人，注定要永遠被他們的失敗糾纏。他們會變得跟所有失敗者一樣壞心，他們會希望所有人的命運都跟他們一樣。」

「我的朋友！」伯特列夫大喊一聲：「您說話的對象是一位快樂的父親呀！如果您還會在這裡住上一、兩天，您就會看到我的兒子，是個漂亮的孩子，見過他，您就會收回您剛剛說的那些話了！」

「我什麼話都不會收回，」雅庫說：「因為您不是心不甘情不願才當了父親！」

「當然不是。我是心甘情願成為父親的，而且多虧有斯克雷塔醫師的幫忙。」

醫生帶著滿意的神情點點頭，然後宣稱他也有個關於親子關係的概念，跟雅庫說的不一樣，而且他親愛的蘇西此刻的幸福也見證了他的想法。「只有一件事，」他接著說：「唯一讓我對生育有點困惑的，就是選擇父母親這件事完全沒有理性可言。有些長得很醜的個人竟然會決定要生育，真是不可思議。他們大概以為，如果他們讓後代一起來分擔醜陋，他們的負擔就可以變輕。」

伯特列夫把斯克雷塔醫師的觀點界定為美感的歧視。他說：「您別忘了，不只蘇格拉底是個醜八怪，歷史上很多著名的情婦也完全不是以完美的外貌著稱。美感的歧視幾乎一向是缺乏經驗的印記，不曾縱情性愛世界的那些人是無法只憑肉眼所見來判斷女人的。可是真正認識女人的那種人很清楚，女人可以提供給我們的東西當中，眼睛只看得見極小的一部分。上帝要人類做愛，要人類繁殖的時候，醫師，祂想到那些長得醜的，也想到那些長得好的。而且我相信，美感的標準不是來自上帝，而是魔鬼。在天堂裡，沒有人會去區分美和醜。」

雅庫接了話，他強調美感問題完全不是他厭惡生育的理由。「不過我倒是可以舉出其他十個不當父親的理由。」

「請說，我很好奇。」伯特列夫說。

「首先，我不喜歡母親這個身分。」雅庫停了一下，若有所思：「在近代史裡，所有神話的面具都被摘下了，長久以來，童年早已不再是純真年代。佛洛伊德發現了嬰兒的性慾，也告訴我們關於伊底帕斯的一切，只剩下他的母親伊俄卡斯忒是不能碰的，沒有人敢掀掉她的面紗。母性是終極也是最大的禁忌，裡頭包藏著最悲慘的詛咒。沒有比母子之間的連結更強大的關係了，這種關係讓孩子的靈魂永遠殘廢，並且在兒子長大的時候，為母親準備了愛情裡最殘酷的痛中之痛。我說母親的身分是一種詛咒，我拒絕為這種詛咒做出貢獻。」

「還有呢？」伯特列夫說。

「另一個讓我不想增加母親人數的理由，」雅庫有點尷尬，他說：「是我喜歡女人的身體，我一想到我深愛的女人，她的乳房會變成裝乳汁的皮囊，我就覺得噁心。」

「還有呢？」伯特列夫說。

「斯克雷塔醫師肯定可以告訴我們，醫生和護士對待墮胎之後在醫院靜養的女人會比對待產婦苛刻得多，藉此對她們表現出某種輕蔑，他們甚至忘了自己肯定一輩子至少也會有一次需要進行類似的手術。可是這對他們來說，是比任何想法都強烈的反射動作，因為生育崇拜是自然界的強制命令，所以在鼓勵生育的宣傳裡根本找不到絲毫的理性論據。您認為，在教會鼓勵生育的道德裡，大家聽到的是耶穌的聲音嗎？或者，在共產國家推崇生育的宣傳裡，您聽到的是馬克思的主張嗎？人類在延續種族的欲望引領之下，最終會在小小的塵世裡窒息。可是鼓勵生育的宣傳繼續推轉它的石磨，公眾看到哺乳的母親或做鬼臉的奶娃就滴下感動的淚水。這讓我感到厭惡。想到我有可能跟幾百萬個狂熱分子一樣，趴在搖籃上傻笑，我就覺得背脊發冷。」

「還有呢？」伯特列夫說。

「當然，我也該問問自己，我要把我的孩子送到什麼樣的世界。學校會急著從我手中把孩子奪走，在他的腦袋裡填滿我徒勞無功對抗了一輩子的謊言。我要眼睜睜看著我的兒子變成一個因循苟且的蠢蛋？還是我該把我自己的理念灌輸給他，然後看著他受苦，看他跟我一樣，被捲入同樣的衝突？」

「還有呢？」伯特列夫說。

「當然，我也得想到自己。在這個國家，孩子要為父母親的不服從付出代價，父母親也得為孩子的不服從付出代價。多少年輕人因為父母惹禍而被禁止上大學！多少父母為了不要連累孩子，而決定選擇怯懦？在這裡，一個人如果想要至少保有某種自由，就不該有孩子。」語畢，雅庫陷入沉默。

「您還有五個理由，說完才能湊滿十誡。」伯特列夫說。

「最後一個理由太沉重了，所以一個可以抵五個。」雅庫說：「生孩子就是在展示我們對人類的絕對同意。如果我有孩子，那就等於我在說：我被生在人世，嘗過人生的滋味，我確認人生實在太美好，值得重複。」

「您不覺得人生是美好的嗎？」伯特列夫問道。

雅庫想把話說得更清楚，他很謹慎地說：「我只知道一件事，那就是我永遠無法信心滿滿地說出：人是一種美妙的生物，我想讓他繁殖下去。」

「那是因為你只經歷過人生的一個面向，而且是最壞的一個面向。」斯克雷塔醫生說：「你從來不知道生活是什麼，你永遠都在想，你的責任是存在，存在所謂的事件裡，在現實的中心。可是對你來說，現實是什麼？就是政治。而政治，這是生命裡最不重要也最不珍貴的。政治，是河流的水面上髒兮兮的泡沫，而河流的生命是在更深的地方實現的。女性生育力的研究，已經進行幾千年了，這是一段堅實可靠的歷史，不論什麼樣的政府當權，都沒有任何差別。我呢，當我戴上橡膠手套，當我檢查女性器官的時候，我離生命的中心比你近得多，就算你是因為擔心人類福祉而差點失去生命。」

雅庫沒有反駁，反而對他朋友的指責表示贊同，斯克雷塔醫生覺得受到鼓勵，繼續說了下去：「阿基米德面對他的圓周，米開朗基羅面對他的大石頭，巴斯德面對他的試管，這些人——而且都是獨自一人——改變了人類的生活，造就了真實的歷史，可是政治家……」斯克雷塔停頓一下，做了一個輕蔑的手勢。

「可是政治家怎麼樣？」雅庫問完，自己回答了這個問題：「讓我來告訴你，若說科學和藝術是歷史固有的、真正的競技場，那麼政治剛好相反，它是密閉的科學實驗室，我們在裡頭對人類進行前所未有的實驗。一些作為白老鼠的人類，被丟到活板門裡，然後爬上舞臺，他們受到掌聲的引誘，受到絞刑臺的驚嚇，被檢舉，被迫去誣告別人。我在這座實驗中心當過研究員，可是我也好幾次在那裡成了活體解剖的受害者。我知道我沒有創造出任何價值（不會比跟我一起工作的那些人多），可是我或許比其他人更明白人是什麼。」

「您說的我懂，」伯特列夫說：「我也知道這座實驗中心，雖然我從來沒在那裡當過研究員，不過我一直都是白老鼠。戰爭爆發的時候，我在德國，向蓋世太保檢舉我的，是我當時心愛的女人。蓋世太保找到她，給她看了我跟另一個女人在床上的照片，這傷害了她，您也知道，愛經常以恨的面貌出現。我懷著一種奇怪的感覺進了監獄，因為是愛引領我進去的。這不是很奇妙嗎？落到蓋世太保的手上，然後知道，這其實是一個被愛得太深的男人才能擁有的特權。」

雅庫回答：「要說人心有什麼讓我永遠深感厭惡的東西，那就是看到人類的殘酷、卑劣和愚蠢竟然可以戴上抒情的面具。她把您送往死亡之路，卻把這當成某種令人感傷的功勳，源自一份受創的愛。而您因為一個無知的女人走上斷頭臺，還抱著扮演悲劇英雄的心情，彷彿這齣戲是莎士比亞特別為您寫的。」

「戰爭結束後，她哭著跑來找我，」伯特列夫像是沒聽到雅庫在唱反調，繼續說了下去：「我跟她說：『別擔心，伯特列夫從來不會報復。』」

「其實，」雅庫說：「我經常想到希律王，您應該知道這個故事，據說希律得知未來的猶太人之王剛剛誕生，他怕失去王位，於是下令把所有的新生兒都殺了。就我個人而言，我對希律有不同的想像，我當然知道這只是個想像的遊戲。依我之見，希律是個受過良好教育、有智慧又非常慷慨的國王，他在政治的實驗室裡工作了很久，所以他學習過關於生命、關於人的知識。他明白了一件事，就是人不該被創造出來。其實，他的懷疑沒有多偏頗，也不是那麼罪不可赦。如果我沒說錯的話，上帝也懷疑過人類，祂也曾經動念，要毀滅祂作品裡的這個部分。」

「是的，」伯特列夫點點頭說：「這寫在〈創世紀〉的第六章：我要將所造的人從地上除滅，因為我造他們後悔了。」

「而或許只是上帝一時心軟，最後讓挪亞在方舟上躲過洪水，重新開展人類的歷史。我們可以確定上帝從來不曾因為心軟而後悔嗎？只是不管有沒有後悔，上帝也沒有其他選擇了，畢竟祂不能一天到晚三心二意的，讓自己顯得可笑。可是，會不會是祂把這個想法送進了希律的腦袋裡呢？這難道不可能嗎？」

伯特列夫聳聳肩，什麼話也沒說。

「希律是國王，他不是只對自己一個人有責任，他不能跟我一樣在心裡想：別人愛怎樣就怎樣吧，我就是不想生育。希律是國王，他知道他不該只為自己一個人做決定，也要為其他人做決定，而他為全人類做出的決定，就是人類永遠不再繁殖了。新生兒的大屠殺於是展開。希律的動機不是傳統所說的那麼卑劣，他是受到最慷慨的意志驅使，最終是要將世界從人類的掌控之中解放出來。」

「我很喜歡您對希律的詮釋。」伯特列夫說：「我實在太喜歡這個詮釋了，從今以後，我要用您的說法來解釋他的濫殺無辜。可是您別忘了，就在希律決定不讓人類繼續存在的時候，有個小男孩在伯利恆誕生，他逃過了希律的刀。這個孩子後來長大了，他對其他人說，只要有這麼一樣東西，生命就值得活，那就是：彼此相愛。希律當然受過更好的教育，有過更多的歷練。耶穌肯定只是個毛頭小伙子，對生命所知不多，他的教誨或許只能從他的年輕和不經世事來解釋。或者說是天真，如果要這麼說的話。可是無論如何，他掌握了真理。」

「真理？誰證明過這個真理？」雅庫激動地問。

「沒人。」伯特列夫說：「沒人證明過，也沒人會去證明。耶穌那麼愛天父，所以他沒辦法承認天父創造的作品不好。他會得出這個結論，是因為愛，根本不是因為理性。所以他跟希律之間的爭執，只有我們的心可以解決。做一個人到底值不值得？我沒有任何證據可以證明，不過我相信，跟耶穌同在的話，答案是肯定的。」話才說完，他帶著微笑轉頭對斯克雷塔醫生說：「所以我把我太太送來這裡，做斯克雷塔醫師指導的療程，在我眼裡，斯克雷塔醫師是神聖的耶穌門徒，因為他可以施展神蹟，讓女人沉睡的子宮甦醒。我舉杯祝他健康！」

10

雅庫總是以父輩的嚴肅態度對待奧嘉，而且出於好玩，他喜歡說自己是「老先生」。可是奧嘉知道，他有很多女人，他們在一起的時候根本不是這麼回事，她很羨慕她們。可是今天，她第一次覺得雅庫身上確實有某種老態。她感覺雅庫對她的言行舉止散發出一股霉味，是年輕人會在長輩行為裡嗅到的那種霉味。

這種「老先生」可以透過習慣來辨認，他們總是吹噓過去的苦難，把這些苦難打造成一座博物館，邀人來參觀（啊，這些悲慘的博物館很少有人造訪！）。奧嘉明白，她是雅庫的博物館裡最重要的活物，而雅庫的慷慨無私在她看來，只是為了讓參觀者熱淚盈眶。

今天，她也發現了這座博物館最珍貴的無生命物——那粒淡藍色的藥片。剛才，雅庫在她面前打開包藥片的薄紙，她很驚訝，因為自己竟然沒有一絲感動。雖然她很清楚，雅庫在艱困的時刻曾經想要自殺，但他一本正經地把這段經歷告訴她，讓她覺得很可笑。她覺得雅庫那麼小心翼翼地打開那張薄紙很可笑，彷彿裡頭包著一顆珍貴的鑽石。她也不明白，為什麼雅庫要在離開的日子把那顆毒藥還給斯克雷塔醫生，卻又強調所有成年人不論在任何情況下，都應該可以主宰自己的生死。如果雅庫到了外國，患了癌症，他難道不會需要毒藥嗎？事情不是這樣的，對雅庫來說，那粒藥片不只是單純的毒藥，它是具有象徵意義的配飾，現在雅庫想在一壇神聖的祭禮上，把它交付給大祭司。這實在是太好笑了。

她走出浴場，往瑞奇蒙旅館走去。雖然滿腦子都是那些令人幻滅的想法，但她還是很高興能見到雅庫。她極度渴望褻瀆他這座博物館，讓自己在那裡不再像是物品，而是女人。所以當她在門上發現一張紙條的時候很失望，紙條上說請她去附近的某個房間會合，雅庫和伯特列夫還有斯克雷塔在那裡等她。想到跟雅庫碰面的時候還有其他人在場，她就洩了氣，而且她根本不認識伯特列夫，而斯克雷塔醫生平常對她的態度，就是親切但很明顯並不在乎。

伯特列夫很快就讓她忘了靦腆，他自我介紹時深深一鞠躬，還指責斯克雷塔醫生竟然沒有讓他認識這麼迷人的女性。

斯克雷塔醫生回答說，雅庫交代他要照顧好這個女孩，所以他是刻意不把她介紹給伯特列夫的，因為他知道沒有任何女人能抗拒他。

伯特列夫面帶微笑，滿意地接受了這個說法，然後拿起話筒，打電話給餐廳訂晚餐。

「真是不可思議，」斯克雷塔醫生說：「這種鬼地方，連一個可以吃頓像樣晚餐的餐廳都沒有，我們的朋友卻可以過得這麼奢華。」

伯特列夫在電話旁邊的雪茄盒裡翻了翻，盒子是開著的，裡頭裝滿五毛美金的硬幣。「吝嗇是一種罪……」他笑著說。

雅庫對大家說，他從來沒有遇過這麼狂熱相信上帝，卻又這麼懂得享受生活的人。

「或許是因為您從來沒遇到過真正的基督信徒吧。『福音』這個字，如您所知，它指的是喜悅的訊息。享受生活的喜悅，這是耶穌最重要的教誨。」

奧嘉覺得這是個可以加入談話的時機，她說：「我們那些老師說的如果可信，那麼基督信徒只會把俗世的生命視為淚之谷，他們滿心歡喜的，是想到他們真正的生命會在死亡之後開始。」

「親愛的小姐，」伯特列夫說：「請不要相信老師說的。」

「而那些聖徒，」奧嘉接著說：「他們什麼都不做，只會放棄生活。他們不做愛，而是鞭打自己，他們不像我們這樣談天說地，而是退縮到僻靜的地方，他們不用電話訂餐，而是啃樹根。」

「您對聖徒一無所知啊，小姐。這些人非常迷戀生活的樂趣，只是他們藉由其他的方式來獲取。依您之見，什麼是人類至高無上的樂趣？您可以猜猜看，不過您是想不出正確答案的，因為您不夠真誠。這不是在責備您，因為真誠需要自知，而自知是歲月累積下來的成果，一個像您這樣青春洋溢的年輕女孩，怎麼有辦法真誠呢？這樣的女孩沒辦法真誠，因為她甚至不知道自己有什麼特質。但是只要她知道，她就會同意我說的，最大的樂趣就是被人愛慕。您不同意嗎？」

奧嘉答說她知道最大的樂趣是什麼。

「不是這樣的，」伯特列夫說：「就拿你們的賽跑選手來說好了，你們的每個孩子都知道他，因為他一口氣拿了三面奧運金牌。您認為他放棄生活了嗎？他沒有和人閒聊，沒有做愛，沒有享受美食，他的時間一定得耗在運動場上，不停地繞圓圈。他做的訓練很像我們最著名的聖徒所做的事。亞歷山大的聖莫閆利約（Saint Macaire d' Alexandrie）在沙漠的時候會規律地把一個簍子裝滿沙，再把簍子揹在背上，這樣日復一日在無邊無際的沙漠裡行走，直到筋疲力盡。可是對你們的賽跑選手和聖莫閆利約來說，當然有一份偉大的獎賞讓他們所有的努力可以得到豐盛的回報。您知道在巨大的奧林匹克運動場上聽到鼓掌聲是什麼感覺嗎？沒有比這更大的喜悅了！聖莫閆利約知道他為什麼要在背上揹一簍沙。他的沙漠馬拉松的榮光過沒多久就在整個基督信徒界傳開了。聖莫閆利約就跟你們的賽跑選手一樣。你們的賽跑選手也是先拿了五千公尺的冠軍，然後是一萬公尺，最後他還不滿意，於是又拿下了馬拉松冠軍。想要受人仰慕，這種欲望是無法滿足的。聖莫門利約去了底比斯（埃及）的一家修道院，隱姓埋名，只求讓他入院修行。但是後來，封齋期到了，這成了他的光榮時刻。所有的僧侶都坐著守齋，可是他呢，整整四十天的封齋期他都是站著的！這是您無法想像的一場勝利！或者，也許您還記得『石柱人』聖西默盎（Saint Siméon Stylite）！他在沙漠裡造了一根柱子，柱子頂端有個窄窄的平臺，上頭坐不了人，一定得站著。他就在上頭待了一輩子，然後整個基督信徒界都熱烈崇拜這項不可思議的紀錄，因為這個人似乎超越了人類的極限。『石柱人』聖西默盎就是五世紀的加加林[2]。巴黎的聖女熱納維耶芙（Sainte Geneviève de Paris）聽到來自威爾斯的商隊告訴她，聖西默盎聽說了她的事蹟，在石柱上為她祝福。您可以想像那一天她有多快樂嗎？那您認為，他為什麼要努力打破紀錄？會不會是因為他並不在乎生命，也不關心人類？別天真了！早期基督教的那些聖徒教父很清楚聖西默盎的虛榮，所以他們要試煉他。他們以聖靈之名命令他從柱子上下來，放棄這場競賽。對聖西默盎來說，這是個嚴厲的打擊，但是他乖乖聽話了，不知是因為他的

2. 加加林（Youri Gagarine，一九三四—一九六八）：蘇聯太空人，是首位進入太空的人類。

智慧，還是因為他的狡猾。這些早期教父其實對他創下的紀錄沒有敵意，但他們想確定聖西默盎的虛榮心沒有勝過他的紀律感。當他們看見他從他的棲木上悲傷地爬下來，他們立刻又命令他再爬回去，讓聖西默盎可以在世人的愛與崇敬的圍繞之中，在柱子上死去。」

奧嘉專心聽著，聽到最後，她笑出來了。

「這種想要受人景仰的美好欲望沒什麼可笑的，我倒是覺得很感動。」伯特列夫說：「渴望受到仰慕的人依戀他的同類，他在乎他們，沒有這些人他活不下去。『石柱人』聖西默盎獨自一人在沙漠裡，待在柱子上的一平方公尺，可是他和所有人同在！他想像有幾百萬雙眼睛仰望著他。他出現在幾百萬人的思想裡，他為此感到欣喜。這就是愛人類和愛生命的一個偉大範例。您想像不到啊，親愛的小姐，『石柱人』聖西默盎繼續活在我們每個人心中的程度有多深。而且直到今天，他依然是我們的生命最美好的極致。」

這時有人敲門，服務生推著一輛裝滿食物的推車走進房門，他在桌上攤開一塊桌布，再放上餐具。伯特列夫在雪茄盒裡翻了一下，然後在服務生的口袋裡塞了一把零錢。接著，大家開動了，服務生站在餐桌後面繼續斟酒上菜。

伯特列夫貪饞地評論每一道菜，斯克雷塔告訴大家，他不知道自己多久沒吃過這麼美味的一餐了。「或許上次是我母親做給我吃的吧，不過那時候我還很小。我五歲就是孤兒了。圍繞著我的是個奇怪的世界，廚房對我來說也很奇怪。對食物的愛來自我們對鄰人的愛。」

「確實如此。」伯特列夫邊說邊把一口牛肉叉到嘴邊。

「被遺棄的孩子會失去食慾。相信我，到今天我還是一樣，沒有父親也沒有母親還是會讓我感到痛苦。相信我，到今天我還是一樣，就算我這麼老了，如果能擁有一個爸爸，我願意付出任何代價。」斯克雷塔醫生說。

「您太高估家庭關係的重要性了。」伯特列夫說：「每個人都是您的鄰人。請別忘記耶穌說過，有人告訴他，他的母親和弟兄要見他，他卻伸手指著他的門徒說：這就是我的母親和我的弟兄。」

「可是教會根本不想要廢除家庭，也不想用一般人組成的自由社團來取代家庭。」斯克雷塔醫生試圖反駁。

「教會和耶穌之間有一點不同。而且，請容我這麼說，在我看來，聖保羅不只是耶穌的繼承者，他也是耶穌的竄改者。首先，是掃羅改名為保羅這個突如其來的轉變！這些狂熱的信徒，我們的認識難道還不夠多嗎？他們可以在一夜之間從這種信仰轉換到那種。我可不想聽到有人來告訴我，這些宗教狂是受到愛的指引！他們是道德家，嘴裡咕噥著他們的十誡。可是耶穌不是道德家。您還記得嗎？有人指責祂不遵守安息日的規定，祂卻說，安息日是為人而設的，不是人要為安息日而存在。耶穌愛女人！可是您有辦法想像聖保羅是誰的情人嗎？聖保羅會因為我愛女人而判我的罪，可是耶穌不會。我看不出來這件事有哪裡不對，我愛女人，而且愛很多女人，女人愛我，而且有很多女人愛我。」伯特列夫露出微笑，他的笑容顯示出他對自己非常滿意，也非常開心：「我的朋友，我的日子過得並不輕鬆，我不只一次看到死亡就在眼前。可是有一件事，上帝對我展現了祂的慷慨，我有過很多女人，而且她們愛我。」

客人們用完餐，服務生開始收拾餐桌，這時又有人敲門了。敲門的方式微弱又靦腆，彷彿在乞求某種鼓勵。

「請進。」伯特列夫說。

門打開，一個孩子走了進來，是個約莫五歲的小女孩，穿著一件白色連身荷葉裙，腰上繫著一條白色的寬緞帶，在背後打了一個大大的蝴蝶結，看起來就像兩片翅膀。她的手裡握著花梗，是一朵很大的大理花。小女孩看到房裡這麼多人，而且全都愣在那裡，轉頭望著她，她停下腳步，不敢再往裡頭走。

這時伯特列夫站了起來，臉上閃耀著幸福的光，他說：「別怕，小天使，你過來。」

小女孩看到伯特列夫的微笑，彷彿得到支持，開心地笑了起來，往伯特列夫跑去，伯特列夫接過她手中的花，在她的額頭上親了一下。

所有客人和服務生看到這一幕都呆住了。小女孩背後有個大大的白色蝴蝶結，看起來真的很像小天使。而伯特列夫站著，身體略往前傾，手持大理花，讓人想到一些小鎮廣場常見的巴洛克風格聖徒雕像。

「親愛的朋友，」他轉身向客人們說：「我和各位度過了一段非常宜人的時光，我希望你們也和我有同樣的感覺。我很願意和大家一起待到深夜，不過你們也看到了，我沒辦法。這位美麗的天使來召喚我過去，有個人正在等我。我跟各位說過，生命給了我各式各樣的打擊，可是女人愛我。」

伯特列夫一手拿著大理花挨在胸口，另一隻手輕輕搭在小女孩的肩上，向這一小群客人致意。奧嘉覺得他裝模作樣十分可笑，但她很高興看他離去，她終於可以和雅庫獨處了。

伯特列夫轉身，牽起小女孩往門口走去。出去之前，他靠到雪茄盒旁，抓了一大把零錢放進口袋。

11

服務生把髒盤子和空酒瓶都收到手推車上。服務生走出房間之後，奧嘉問道：「這個小女孩是誰？」

「我從來沒見過。」斯克雷塔說。

「看起來真的像個小天使。」雅庫說。

「幫他找情婦的天使嗎？」奧嘉說。

「是啊。」雅庫說：「一個幫他拉皮條，當淫媒的天使，我想像他的守護天使就是這個樣子。」

「我不知道她是不是天使，」斯克雷塔說：「不過奇怪的是，我從來沒見過這個小女孩，可是這裡的每一個人我幾乎都認識呀。」

「這樣的話，只有一種解釋。」雅庫說：「她不是這個世界的人。」

「不管她是天使，還是某個女人的小孩，我可以向你們保證一件事，」奧嘉說：「他不是要去跟一個女人見面！這傢伙虛榮得要命，他只是想吹噓。」

「我覺得他挺討人喜歡的。」雅庫說。

「這並不衝突，」奧嘉說：「可是我還是認為他是世界上最虛榮的傢伙。我敢跟你們打賭，在我們來之前的一個小時，他給了這個小女孩一把五毛錢的銅板，然後要她在約定的時間帶一朵花來找他。信徒對於怎麼把神蹟搬上舞臺都很有概念。」

「我強烈希望您說的是對的，」斯克雷塔醫生說：「事實上，伯特列夫先生病得很重，一夜風流會給他帶來很大的危險。」

「看吧，我說的沒錯。他所有關於女人的暗示都只是在自吹自擂。」

「親愛的小姐，」斯克雷塔醫生說：「我是他的醫生，也是他的朋友，可是我並不確定，我對此存疑。」

「他真的病得那麼重嗎？」雅庫問道。

「不然你以為他在這裡住了一年多，他那麼迷戀的年輕妻子卻只是偶爾來看他，這是為了什麼？」

「而這裡少了他，才一下子就變得有點悶。」雅庫說。

確實如此，他們三人突然都有一種被遺棄的感覺，不想在這個讓人不自在的房間逗留下去了。

斯克雷塔從他的椅子起身：「我們送奧嘉小姐回去，然後我們再去轉一圈，我們有好多事要談。」

奧嘉抗議：「我還不想睡！」

「不行，現在時間到了。我以醫生的身分命令您去睡覺。」斯克雷塔的語氣嚴厲。

他們走出瑞奇蒙旅館，進了公園。半路上，奧嘉找到機會連忙對雅庫低聲說：「我晚上想跟你在一起……」

可是雅庫只是聳聳肩，因為斯克雷塔蠻橫地施行著他的意志。他們送年輕女孩回到卡爾．馬克思之家，在朋友面前，雅庫甚至沒像過去那樣輕撫她的頭髮。他的退縮，來自斯克雷塔醫生對李子一般的乳房的厭惡。他在奧嘉臉上讀到失望的表情，他為自己讓她痛苦感到懊惱。

「所以，你覺得怎麼樣？」斯克雷塔問道。這時，公園的林蔭道上只有他和他的朋友。「你有聽到我說的吧，我說我需要一個父親的時候，就算是石頭聽到了也

會同情我，可是他呢，他開始講聖保羅！他是真的聽不懂嗎？我已經跟他解釋了兩年，說我是孤兒，我也跟他吹捧了兩年美國護照的好處。我做了千百種暗示，還順便提到各式各樣收養的案例。照我的盤算，這些暗示早該讓他想到要收養我了。」

「他太自戀了。」雅庫說。

「確實是。」斯克雷塔點了點頭。

「要說他病得很重，倒是不令人驚訝，」雅庫說：「但是他的病情真像你說的那麼糟嗎？」

「還要更糟。」斯克雷塔說：「六個月前，他又犯了一次非常嚴重的心肌梗塞，從此被禁止長途旅行，住在這裡像個囚犯似的，他的狀況就是命懸一線，他自己也很清楚。」

「你看，」雅庫說：「這樣的話，你早就應該知道，暗示是行不通的，因為不管什麼暗示他都只會想到自己。你得直截了當，把你的要求跟他說清楚，他一定會同意的，因為他喜歡讓人開心，這也符合他對自己的想像，他想讓他的同類開心。」

「你真的是天才！」斯克雷塔大叫，停下了腳步：「這跟哥倫布把雞蛋立起來一樣簡單，而且就是這麼簡單！我根本是個白癡，竟然浪費了兩年的生命，只因為看不透他！我空耗了兩年的生命在那裡原地打轉！可這是你的錯，因為你早就該來幫我出主意了。」

「怎麼不說是你的錯！你早就該問我了！」

「你已經兩年沒來看我了！」

兩個好朋友走在幽暗的公園裡，呼吸初秋清涼的空氣。

「現在我讓他當了父親，應該可以讓他收我當兒子了吧！」斯克雷塔說。

雅庫點點頭。

「不幸的是，」斯克雷塔沉默了好一會兒才繼續說：「我們身邊圍繞著一群白癡。你說在這鎮上我可以找誰商量？一個人只要天生聰明，就會立刻陷入絕對的流亡狀態。我什麼別的都沒想，因為這就是我的專長：人類生產的白癡，數量多到難以想像。一個人越是愚蠢，他就越想生育。那些完美的人最多只生一個孩子，而最優秀的人，像我，則是決定一個也不生。這是一場災難。而我，我把時間花在夢想一個新世界，在那裡，人不是來到一個充滿陌生人的世界，而是來到他的兄弟之間。」

雅庫聽著斯克雷塔的話，不覺得有什麼地方特別有趣。

「你別以為我只是說說而已！我不是政治人物而是醫生，兄弟這個字眼對我來說，意義很精確，就是這些人至少有個共同的父親或母親。所羅門王的那些兒子雖然是一百個不同的母親生的，但他們都是兄弟。這應該非常美好！你覺得呢？」

雅庫吸著清涼的空氣，找不到話可以回應。

「當然囉，」斯克雷塔說了下去：「要強迫人們為了未來世代的福祉在性方面連結起來，這非常困難。不過問題的重點不在這裡。在我們這個世紀，總是有其他方法可以解決合理生育孩子的問題。我們不能永遠把愛情和生育混為一談。」

雅庫對這想法表示贊同。

「只是你呢，你唯一感興趣的，就是要讓愛情擺脫生育的束縛。」斯克雷塔說：「對我來說，反而是要讓生育擺脫愛情的束縛。我一直想把我的計畫告訴你：試管裡裝的是我的精液。」

這一次，雅庫的注意力被喚醒了。

「你覺得怎麼樣？」

「我覺得這點子很妙！」雅庫說。

「太棒了！」斯克雷塔說：「利用這種方式，我已經把不少女人的不孕症治好了。別忘了，許多女人之所以生不出小孩，只是因為她們的丈夫不孕。我有大量的顧客，他們分布在全國各地，這四年來，我在鎮上的醫務所負責婦科檢查。我隨時都可以把注射器靠到試管那裡，再把這種讓人受孕的液體注入來檢查的女人身體裡。」

「那你有幾個小孩了？」

「我這麼做已經好幾年了，不過我只做了大略的估算，我沒辦法百分之百確定我當了誰的父親，因為我的女患者——請容我這麼說——她們對我並不忠誠，她們還有自己的丈夫。而且，她們回家之後，我可能永遠不知道療程是不是成功了。如果病人是當地人，事情會比較清楚。」

斯克雷塔不再說話，雅庫則是陷入一片溫柔的遐想。斯克雷塔的計畫令他著迷，令他感動，因為他在其中認出老友舊時的身影——一個無可救藥的夢想家：

「可以有這麼多女人的孩子，這應該棒透了。」雅庫說。

「而且他們都是兄弟。」斯克雷塔接著說。

他們走著，呼吸清香的空氣，默默無語。斯克雷塔重拾話頭：

「你知道，我經常告訴自己，雖然這裡有這麼多讓我們不開心的事，可是我們終究得為這個國家負責。不能自由到國外旅行讓我很憤怒，可是我永遠無法責怪這個國家，我得先責怪自己，而我們當中有誰做過什麼，是為了讓這個國家變得更好？我們當中有誰做過什麼，是為了讓我們可以在這裡生活下去？我們當中有誰做過什麼，是為了讓我們待在這個國家像待在自己的家？只要這樣就夠了，像待在自己的家……」斯克雷塔壓低聲音，用溫柔的語氣說了下去：「覺得待在自己家，就是覺得活在自己人的圈子裡。你明天就要走了，我想我應該說服你加入我的計畫。我幫你準備了一支試管，你的人會到國外，而在這裡，你的孩子們會誕生。十年或二十年以後，你會看到這個國家變得多麼輝煌！」

天上掛著一輪明月（它會一直在那裡，直到我們故事的最後一夜，所以我們可以把這個故事喚作月亮故事），斯克雷塔醫生陪雅庫走回瑞奇蒙旅館。

「你明天不可以走。」他說。

「我一定得走，他們在等我。」雅庫這麼說，可是他知道自己會被說服。

「這不是理由。」斯克雷塔說：「我很高興你喜歡我的計畫。明天，我們再談進一步的細節。」

第四天

1

克里瑪夫人準備好要出門了，可是她的丈夫還在睡。

「你今天早上不是也要出門嗎？」她問道。

「我這麼急幹嘛！要去見那些蠢貨的時間還早。」克里瑪答了話，打了個哈欠，翻過身去。

他前天深夜就告訴妻子，他在那場令人精疲力竭的研討會上被交付了協助業餘樂團的重責大任，所以星期四晚上，他得在一個溫泉小鎮跟一個演奏爵士樂的醫生和一個藥劑師一起舉辦音樂會。他說這些話的時候氣得大吼大叫，可是克里瑪夫人在他的正對面，她清清楚楚地看見，這些咒罵並非真心憤怒，因為根本就沒有什麼音樂會，克里瑪捏造這場演出的唯一目的，是要利用這段時間去偷情。她讀得懂他的臉；克里瑪在她面前無所遁形。克里瑪一邊咒罵一邊翻身的時候，她立刻意識到，他不是還有睡意，而是要把臉遮住，不讓她盯著他的臉。

之後她就出門去劇院了。幾年前，因為病痛，她無法再登臺演出，克里瑪就幫她找了個祕書的工作。這工作並不討厭，她每天都會遇到一些有意思的人，時間的安排也相當自由。現在，她坐在辦公室裡，要寫幾封公函，可是卻怎麼也無法專心。

沒有任何東西像嫉妒這樣，可以將一個人徹底吞噬。一年前，卡蜜拉失去母親，這事比起小喇叭手的出軌當然令人悲傷得多，可是她如此深愛的母親過世，卻沒有讓她更痛苦。這種痛苦仁慈地披覆著繽紛的色彩，有悲傷，有懷舊，有激動，有懊悔（卡蜜拉有沒有充分盡到照顧母親的責任？她是不是對母親不夠關心？）還有一抹安詳的微笑。這種痛苦仁慈地往四面八方散落出去，卡蜜拉的思緒碰在母親的棺木上，彈起，飛向回憶，飛向她自己的童年，再飛得更遠，一直飛到母親的童年，卡蜜拉的思緒飛向幾十件她在現實裡擔心的事，飛向開放的未來，而克里瑪的身影出現在那裡，像某種安慰（是的，在這些絕無僅有的日子裡，丈夫對她來說是一種安慰）。

相反的，嫉妒的痛苦不會在空間裡變動，它像個鑽頭，對著同一點不斷旋轉，沒有散落。若說母親的死為她打開了一扇通往未來的門（一個不同的、更寂寞也更成人的未來），那麼丈夫的不忠帶來的痛並沒有打開任何未來。一切都集中在那具不忠的肉體單一的（而且永恆存在的）意象上，集中在單一的（而且永恆存在的）譴責裡。失去母親的時候，她可以聽音樂，甚至可以閱讀；嫉妒的時候，她什麼也做不了。

昨天晚上，她已經動念要去溫泉小鎮了，她要去搞清楚，這場可疑的音樂會到底存不存在，可是她立刻又放棄了，因為她知道，她的嫉妒讓克里瑪害怕，她不該公然對他展現妒意。可是嫉妒在她的心裡翻攪，像一具失速的引擎，她還是忍不住拿起了電話。她為自己找的理由是，打個電話去車站並沒有明確的意圖，只是消磨一下時間而已，因為她沒辦法專心寫公務信件。

當她得知火車是早上十一點離站，她想像自己在陌生的街道上梭巡，尋找寫著克里瑪名字的海報，或是跑去旅遊服務處問他們知不知道有一場音樂會是她丈夫會登臺的，然後聽到的回答是沒有音樂會，於是這個可憐兮兮、被丈夫背叛的她，在一個荒涼又陌生的小鎮上遊蕩。接著她又想像，克里瑪第二天會怎麼跟她說音樂會的事，她又會怎麼問他種種細節。她會望著她眼前的克里瑪，聽他憑空編造的一切，然後痛快飲下這杯用謊言調製的毒酒。

可是她立刻告訴自己，她不該這麼做。不，她不可以整天、整星期都在窺伺，都在餵養嫉妒的幻象。她害怕失去他，也因為這害怕，她終究會失去他！

可是另一個聲音立刻又用一種狡猾的天真回應：才不是呢，她不是要監視他！是克里瑪自己說他要去開音樂會，而她相信他說的！她就是因為不想再嫉妒，所以才把這件事當真，毫不懷疑地接受了克里瑪的說法！他不是告訴她，他去那裡毫無樂趣可言，他怕會一整天、一整晚都很悶！所以她完全只是為了給他一個驚喜，才會決定要去找他！音樂會結束時，克里瑪厭煩地向臺下致意，心裡想著令人疲憊不堪的歸途，這一刻，她會跑到舞臺下，克里瑪會看見她，他們倆會相視而笑！

她把好不容易寫好的公函交給主任。她在劇院的人緣不錯，一個知名音樂家的妻子這麼謙遜又和善，大家都很欣賞，而她散發的憂傷氣息，有時反而可以讓人卸下心防。主任完全無法拒絕她的請求，她答應星期五下午會回來加班，把她欠的工時補回來。

2

時間是早上十點，跟平日一樣，奧嘉剛從露珍娜手上接過一條白色的大毛巾和一把鑰匙。她走進一間更衣室，把衣服脫下，吊在衣架上，再把大毛巾披在身上，像古羅馬人穿長袍那樣，然後把更衣室的門鎖上，把鑰匙交還給露珍娜，再往有游泳池的大廳走去。她把大毛巾掛在池邊的橫杆上，踩著階梯下水，池裡已經有其他女人了。游泳池不大，但是奧嘉相信游泳對她的健康是必要的，她試著划了幾下，結果激起的水花濺到一個婦人喋喋不休的嘴裡。「你瘋了嗎？」婦人用憤怒的聲音對奧嘉大吼：「這個池子不是拿來游泳的。」

池裡的女人都蹲在水裡，像一隻隻巨大的青蛙。奧嘉怕她們。她們的年紀都比她大，也比她強壯，脂肪和皮膚也都比她厚。於是她整個人洩了氣，跟她們一起泡澡，身體動也不動，只是皺著眉頭。

突然間，她看到一個年輕男人出現在門口；他的個子很小，穿藍色牛仔褲，身上的毛衣已經磨出破洞。

「這男的來這裡做什麼？」她大叫。

所有女人都順著奧嘉目光的方向轉過去，她們開始格格竊笑，並且發出尖叫。

這時，露珍娜走進大廳，大聲說：「我們有幾位拍電影的訪客，他們要拍攝你們來製作新聞影片。」

池裡的女人爆出一陣大笑。

奧嘉抗議：「這到底是怎麼回事！」

「他們有得到管理處的允許。」露珍娜說。

「我才不管什麼管理處，沒有人問過我的意見。」奧嘉大叫。

毛衣有破洞的男人（他的脖子掛著一個測光的儀器）走到池邊看著奧嘉，他一臉苦笑，奧嘉覺得他神情猥褻。他說：「小姐，您會讓成千上萬的觀眾瘋狂，當他們在銀幕上看到您的時候！」

女人們又發出一陣笑聲作為回應，奧嘉用雙手遮住自己的胸部（這並不難，一如我們所知，她的乳房像兩顆李子），整個人縮起來，躲到其他女人後面。

另外兩個穿牛仔褲的傢伙也往游泳池走來，比較高的那個說：「拜託大家自然一點，像平常一樣，就當我們沒在這裡。」

奧嘉伸手去拿她掛在橫杆上的大毛巾，她在池裡把身體裹起來，然後踩著階梯，踏上瓷磚地面；大毛巾濕答答地淌著水。

「可惡！不要這樣就走啊！」穿破毛衣的年輕人大叫。

「您還得在池子裡泡十五分鐘！」現在換露珍娜大叫了。

「她害臊了！」整個游泳池在奧嘉背後爆出一陣大笑。

「她怕有人把她的美麗偷走！」露珍娜說。

「大家都看到了吧，公主耶！」游泳池裡有個聲音說。

「當然囉，不想被我們拍攝的人可以離開。」穿牛仔褲的高個子用平靜的語氣對大家說。

「我們不會害羞，其他人都不會！我們是美女！」一個胖太太用洪亮的嗓音說，泳池的水面也因為大笑而晃動起來。

「可是這位小姐不能走啊！她還有十五分鐘的療程！」露珍娜發出抗議，她的眼睛跟著奧嘉頑固的腳步往更衣室走去。

3

我們沒辦法指責露珍娜的壞心情，可是為什麼她對於奧嘉不讓人拍攝這麼火大？為什麼她徹底認同這群嘰嘰喳喳、開心迎接男人們來到的胖女人？

這些胖女人又到底為什麼這麼歡樂地嘰喳不停？她們想在年輕男人的面前展現

美貌，引誘他們嗎？

不是的，她們大喇喇不知羞的行徑恰恰源自她們確信自己不再擁有絲毫美貌，她們對女人的青春充滿怨恨，她們想要展示自己無法引起性慾的身體，藉此污衊、嘲笑女性的裸體。她們想要復仇，她們想要透過對自己身體的貶抑，去毀壞女性之美所散發的榮光。因為她們知道，身體不論美醜，終究是一樣的，她們知道，醜陋的身體會將自己的陰影投映在美麗的身體上，同時在男人的耳邊低聲說：你看，這就是讓你魂縈夢牽的身體的真相！你看，這個鬆弛的大乳房跟你愛得發狂的這個乳房是一樣的東西。

這些胖女人歡樂不知羞的行徑是一種戀屍癖的圓圈舞，她們繞著轉瞬即逝的青春起舞，遇到泳池裡出現一個可以拿來獻祭的年輕女子，她們的圓圈舞就跳得更歡樂了。當奧嘉把自己裹進浴巾裡，她們的理解是，這動作破壞了她們的殘酷儀式，於是她們憤怒了。

可是露珍娜既不胖也不老，她甚至還比奧嘉漂亮！那麼，為什麼她沒站在奧嘉這邊？

如果她決定要墮胎，如果她相信跟克里瑪幸福快樂的戀情在等著她，她會做出完全不一樣的反應。意識到自己被愛，會讓女人和群體分離，露珍娜會為自己無可模仿的獨特性感到陶醉。她會把這些胖女人視為敵人，把奧嘉視為姐妹。她會過來幫她，就像美麗會幫助美麗，幸福會幫助另一種幸福，愛會幫助另一種愛。

可是前一晚，露珍娜睡得很糟，她確定自己不能倚賴克里瑪的愛了，所以對她來說，讓她和群體分離的一切事物都是幻象了。她唯一擁有的，是肚子裡受到社會與傳統保護的這個正在萌芽的胚胎。她唯一擁有的，是女性命運燦爛輝煌的普遍性，這種普遍性向她承諾，要為她而戰。

而這些游泳池裡的女人，表現的恰恰是最普遍的女性特質：永恆的生產、哺乳、衰敗；還有訕笑，對那轉瞬即逝的一秒——女人在這瞬間相信自己是被愛的，相信自己擁有無可模仿的個性。

一個相信自己獨一無二的女人，和那些披著女性普遍命運裹屍布的女人之間，是不可能和解的。經過一夜無眠的沉重思考，露珍娜站過去了（可憐的小喇叭手！），她和這些女人站在同一邊。

4

雅庫握著方向盤，鮑伯趴坐在旁邊，不斷轉過來舔他的臉。過了溫泉小鎮最後幾間不大的獨棟樓房後，矗立著一棟高樓。這棟樓去年還不在這裡，雅庫覺得它十分醜陋，在一片綠油油的風景裡，像一支掃帚插在花盆裡。雅庫輕撫著鮑伯，鮑伯滿足地望著這片風景。雅庫心想，上帝對狗兒真是仁慈，沒在狗的腦子裡灌輸美的感覺。

狗兒又舔了他的臉（或許狗兒感覺到雅庫一直想著牠），雅庫心想，在他的國家，事情不會變好，也不會變得更糟，只會變得越來越可笑——不久以前，在這裡，他是「獵捕人類」的受害者，而昨天，他卻在這裡目睹了一場獵捕狗兒的行動，彷彿又是（而且一直是）同一齣戲，只是演出者不同罷了。退休老人在這齣戲裡扮演法官和獄警，而被關押的政治人物則由拳師狗、雜種狗和臘腸狗演出。

他還記得幾年前在首都，鄰居在門口發現他們養的貓眼睛被插了釘子，舌頭被割，腳被綁住了。街上的孩子玩起大人的遊戲。雅庫輕撫鮑伯的頭，在森林客棧前面把車子停好。

下車時，他以為狗兒會開心地衝到家門口，可是鮑伯沒跑，反而繞著雅庫蹦蹦跳跳，一心只想要玩。就在這時，有個聲音大喊「鮑伯！」，狗兒聞聲像支箭似的往站在門口的女人衝過去。

「你真是個無可救藥的流浪漢。」她說。接著她向雅庫表達歉意，並且問他被狗兒糾纏多久了。

雅庫答說狗兒在他那兒過了夜，他開車載牠回來，女人聽了連聲道謝，邀他進去屋裡。女人帶雅庫進到一個特別的大廳，看起來是辦團體宴席的場所，她讓雅庫坐下，然後跑去找她的丈夫。

過了一會兒，她跟一個年輕男人一起回來，男人跟雅庫握了手，在他旁邊坐下：「您真是個好心人，大老遠開車到這裡，帶鮑伯回來。這隻狗很白癡，只知道出去鬼混，可是我們很愛牠。您要不要吃點東西？」

「當然好。」雅庫說完，女人跑進廚房裡。接著雅庫說起他如何從一群兇惡的退休老人手中把鮑伯救下來。

「這些混帳！」男人大罵了一句，然後轉頭對著廚房，叫他的妻子：「薇拉！

你快來！你有聽到他們在下面幹了什麼好事嗎？這些混帳！」

薇拉回來的時候端著一個托盤，上頭的湯盤熱騰騰的。她坐下來，雅庫把他在城裡的冒險故事重講了一遍。狗兒趴在餐桌底下，任人在牠的耳後輕輕搔著。

雅庫把湯喝完，這次換男人起身了，他跑進廚房，端回一盤烤豬排和一些薯泥麵糰子。

雅庫的位子在窗邊，他感覺很舒服。男人咒罵下面那些人（雅庫很著迷——男人把他的餐廳視為聖地，是眾神居住的奧林帕斯山，是他退守的高地），女人離開之後又帶著一個兩歲的小娃兒回來：「跟這位先生說謝謝，」她說：「是他幫你把鮑伯帶回來的。」

小娃兒咕噥了幾個聽不懂的字，對雅庫露出微笑。陽光在屋外灑落，發黃的樹葉靜靜垂掛在敞開的窗子外頭，沒有一點聲音，森林客棧高踞在塵世之上，人們可以在這裡尋得平靜。

雖然雅庫拒絕生育，但他很喜歡孩子。他說：「你們有個漂亮的小男孩。」

「說也奇怪，」女人說：「我不知道他的大鼻子是哪來的。」

雅庫想起他好朋友的鼻子，他說：「斯特雷塔醫師跟我說，您是他的患者。」

「您認識醫師？」男人開心地問道。

「他是我朋友。」雅庫說。

「我們很感謝他。」年輕的母親說。雅庫心想，小男孩大概是斯克雷塔優生學計畫的一個成功個案。

「他不是醫師，他是魔法師。」男人的語氣裡透露出崇敬之情。

雅庫心想，在這平靜祥和的伯利恆聖地，這三個人就是聖家，他們的孩子不是人父所生，而是斯克雷塔聖神所生。

再一次，大鼻子的小娃兒又說了一些無人能懂的話，年輕的父親望著他，眼裡充滿了愛。「我在想，」他對妻子說：「你哪個遠古祖先是個大鼻子。」

雅庫笑了。一個奇怪的想法剛剛從他的腦海中閃過：斯克雷塔醫師是不是也用注射器跟他自己的妻子生小孩？

「我說得不對嗎？」年輕的父親問道。

「當然對，」雅庫說：「如果我們在墳墓裡睡了好久，而我們的鼻子卻在這世上到處晃，這真是莫大的安慰啊！」

所有人都哈哈大笑。至於斯克雷塔可能是小娃兒父親的這個想法，此刻在雅庫

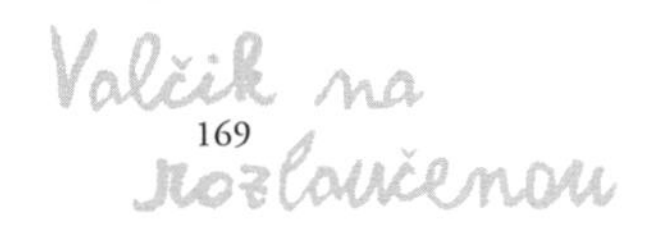

的腦中，像個荒誕不經的怪夢。

5

弗蘭提塞克接下婦人手上的錢，他剛幫她把冰箱修好。他走出屋外，騎上他忠心的摩托車往小鎮的另一頭去了，他要去主管地區業務的辦公室把今天的工單結清。兩點才過幾分，他就完全自由了。他再次發動摩托車，往溫泉療養中心騎去。經過停車場的時候，他看見白色的豪華轎車停在那裡。他把摩托車停在豪華轎車旁邊，穿過拱廊，往人民會館走去，因為他猜想小喇叭手應該在那裡。

他之所以會去那裡，不是因為魯莽，也不是因為好鬥，他不想再惹事了。相反的，他下定決心要克制自己，要低頭，要徹底順從。他心想，他的愛如此崇高，為了愛，他可以忍受一切，就像童話故事裡的王子，為了公主承受一切苦難與折磨，渡過海洋，迎戰惡龍，他隨時可以接受傳說中的那種無邊無度的屈辱。

他為何如此低聲下氣？為什麼不轉身去找其他女人？畢竟在這溫泉小鎮，年輕的女人多的是，而且又那麼誘人。

弗蘭提塞克比露珍娜年輕，所以——這對他來說非常不幸——他非常年輕。等他再成熟一點，就會發現事物轉瞬即逝，他會知道在一個女人的地平線後頭，還有其他女人的地平線在向外開展。只是弗蘭提塞克還不明白時間為何物，他從小生活在一個持續存在而且不會改變的世界，他活在某種靜止不動的永恆之中，他也一直擁有同樣的父親和同樣的母親，而露珍娜，她讓弗蘭提塞克成為男人，她高高在上，像他的天空的蓋子，他唯一的天空。他無法想像生命裡沒有她。

前一天，他溫順地答應她不再監視她，而此刻，他也真心決定不再糾纏她。他心想，他只是對小喇叭手感興趣，如果是跟蹤他，並沒有真的破壞他的承諾。可是在此同時，他也心知肚明，這不過是個藉口，露珍娜一樣會責怪他的所作所為，但是他的執念強過任何想法，強過任何決心，像某種毒癮似的——他一定要看到那個人；他一定要再看他一次，要看很久，而且是近距離。他一定要當面看清楚他的痛苦。他一定要看清楚這具身體，因為他無法想像也無法相信，這具身體和露珍娜身體的結合。他一定要去看清楚這具身體，他要用自己的眼睛去驗證，看看是否有可能想像他們兩人身體的結合。

臺上已經開始演奏了。斯克雷塔醫生打鼓，一個矮小細瘦的男人彈琴，克里瑪吹奏小喇叭，幾個年輕的爵士樂迷自己偷溜進來，坐在大廳裡看他們排演。弗蘭提塞克不擔心他來這裡的動機會被人察覺，他很確定星期二晚上在摩托車刺眼的車燈照射下，小喇叭手沒看到他的臉，而且因為露珍娜很謹慎，也沒有人知道他跟這個年輕女人之間有什麼關係。

小喇叭手打斷了其他樂手的演奏，自己坐到鋼琴前，彈了其中一段給矮個子男人聽（矮個子剛才彈的是另一種節奏）。弗蘭提塞克坐在大廳後側的一張椅子上，慢慢化身為影子，這一天，他一秒也不會離開小喇叭手。

6

雅庫離開森林客棧，開車回去了，少了那隻開心的狗兒在旁邊舔他的臉，覺得好像少了什麼。接著他想到，這真是個奇蹟，他在四十五年的人生裡，竟然可以讓身旁的這個位子一直空著，所以現在才能輕鬆地離開這個國家，沒有行李，沒有負擔，獨自一人，帶著假年輕（但是帥氣）的外表，像個剛要開始為未來打基礎的大學生。

他試著專心去感受，他就要離開自己的國家了。他努力回想過往的人生。他努力要將過往的人生當成一片遼闊的風景，滿懷鄉愁，轉身回望這令人暈眩的遠方風景。可是他做不到。他在心裡看得到的過去，非常微小，被壓得扁扁的，像個收合的手風琴。他得費點力氣才能喚起碎片般的記憶，讓自己產生幻覺，去感受一段經歷過的命運。

他看著路旁的樹，綠色、紅色、黃色、棕色的樹葉，森林彷彿著了火。他心想，他在森林起火的時候離開，他的生命和回憶都被這絢麗而無動於衷的火焰燃盡。他該為自己的不難過而難過嗎？他該為自己的不悲傷而悲傷嗎？

他感受不到悲傷，可是也不想匆匆離去。依照他跟國外的朋友說好的時程，此刻他該越過國界了，可是他覺得自己又陷入優柔寡斷、拖拖拉拉的泥淖裡了，他的朋友都知道他有這種毛病，也常拿這取笑他，因為他總在需要果決行動的情況下，向這種習性低頭。他知道自己直到最後一刻都會堅稱今天就要離開，可是他也很清楚，自己從早上開始，也一直在盡可能延遲離開這迷人的溫泉小鎮的時間。這些年來，他有時會隔很久才來看他的朋友，不過每次都很愉快。

他停好車（是的，那裡已經停著小喇叭手的白色汽車和弗蘭提塞克的紅色摩托車了），走進啤酒館，奧嘉半小時後會來這裡跟他會合。他看到一個桌位，在最裡面靠窗的地方，可以看到公園裡繽紛如火的樹木，可惜有個三十來歲的男人已經坐在那兒了。雅庫在隔壁桌位坐下，那裡看不到樹，不過他的目光被這男人吸引了，他顯然很焦慮，眼睛不曾離開門口，兩腳拍打著地面。

7

她終於走進來了。克里瑪從椅子上跳起來，迎上去接她，帶她到窗邊的桌位。他對她微笑，彷彿希望透過這抹微笑表示他們的協議依然有效，他們兩人都很冷靜，都有默契，他們都對彼此有信心。克里瑪在年輕女子的表情裡尋找對於他微笑的肯定回應，但是沒有找到。這讓他感到不安，他不敢提起心裡一直擔憂的事，於是他開始跟年輕女子說些無關緊要的話。照理說，這應該可以營造某種無憂無慮的氣氛，可是他的話語碰上年輕女子的沉默，就像撞上一堵石牆。

接著，她打斷他的話：「我改變主意了，這是在犯罪，這種事也許你做得出來，可是我做不到。」

小喇叭手覺得一切都毀了，他面無表情地望著露珍娜，不知道還能說什麼。他唯一感覺得到的，只有某種絕望的疲憊。露珍娜則是反覆說著：「這是在犯罪。」他看著露珍娜，在他眼裡，她似乎是非現實的。這女人，離得遠遠的時候，他想不起她的容貌，此刻她出現了，成了他的無期徒刑。（克里瑪和我們每個人一樣，只會把那些經由內在，有系統地、漸漸進入生命的事物視為現實，至於那些來自外部，突然出現的，他視之為非現實的入侵。哎！世上沒有比這種非現實更現實的事了。）

然後，那天認出小喇叭手的服務生來到桌前了，他用托盤端來兩杯干邑白蘭地，聲音愉悅地說：「您瞧，我可以從您的眼裡讀出您想要的。」接著他對露珍娜說了跟上次同樣的話：「當心！所有女孩都想把你的眼珠挖出來了！」接著哈哈大笑。

這次，克里瑪被恐懼吞噬了，根本沒有心思去管服務生在說什麼。他把干邑白蘭地一口飲盡，然後靠到露珍娜身邊說：「你別這樣，我以為我們兩個都同意，我們什麼都說好了，為什麼你突然改變心意？你本來也和我一樣，覺得我們一定要有幾年的時間把自己完整奉獻給對方。露珍娜！我們這麼做，只是因為我們之間的

愛，只是因為我們要在真正想要一起擁有孩子的時候才生孩子。」

8

雅庫立刻就認出來了，她就是想把鮑伯交給那幾個老人的護士。他看著她，像被迷住了，他很好奇，想知道她和說話的對象到底在說什麼。他什麼也聽不清，可是他看得很清楚，談話的氣氛非常緊張。

從男人的表情看來，事態很明顯，男人剛聽到一個令人苦惱的消息，所以過了好一會兒才說得出話。從他的神情和手勢看得出來，他試圖說服年輕女子，他在求她，可是年輕女子執拗地保持沉默。

雅庫沒辦法不這麼想，有一條生命正受到威脅。這個金髮年輕女子在他眼裡一直是在劊子手行刑時，幫忙抓住受害者的那種人，他也不懷疑，男人站在生命的這邊，而年輕女子站在死亡那邊，男人想要拯救某人的生命，他開口求助，金髮女子拒絕，而因為她，有人即將性命不保。

接下來，他發現男人不再堅持了。他露出微笑，毫不猶豫地輕撫年輕女子的的目光。

臉頰。他們達成協議了嗎？才不是，金髮底下的臉龐執拗地望向遠方，避開男人

雅庫無力將目光從年輕女子的身上移開。打從前一天起，只要想到這個女人，他的腦海裡浮現的就是劊子手的幫兇。她的臉龐漂亮而空無。她的漂亮足以吸引一個男人，她的空無足以讓這男人的一切請求迷失其中。這張臉龐是驕傲的，而雅庫知道，她不是因為漂亮而驕傲，而是因為空無。

雅庫心想，他在這張臉上看到他很熟悉的幾千張臉向他迎來。雅庫心想，他的一生不過就是在和這樣的臉進行一場永無休止的對話。當他試著向這張臉解釋什麼的時候，這張臉就會別過去，一副被冒犯的樣子，藉由談論其他事情來回應他的說法。當他對這張臉微笑的時候，這張臉就會斥責他放肆。當他向這張臉哀求的時候，這張臉就會控訴他的優越。這張臉，什麼都不懂，卻決定一切。這張臉，空無如荒漠，而且以它的荒漠為傲。

雅庫心想，今天是他最後一次看這張臉了，明天，他就要離開這張臉的國度了。

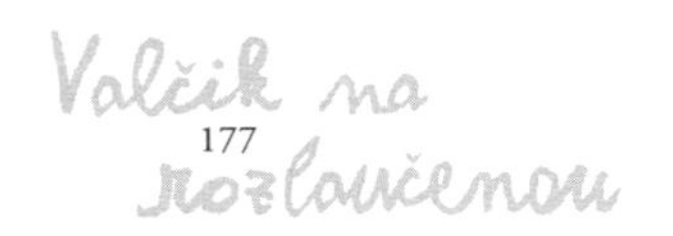

9

露珍娜也注意到雅庫，而且也認出他了。她感覺到，他的眼睛直盯著她，這讓她感到害怕。她覺得自己陷入重圍，被心照不宣的兩個男人包圍，被兩道宛如槍管的目光對準。

克里瑪一再重複同樣的說詞，她不知如何回應，只能反覆告訴自己，事關一個即將出生的孩子的生命，這種事理性插不上嘴，只有感情有發言權。她默默地把臉別開，讓自己的臉可以躲開這兩道目光。她盯著窗外看。這時，由於某種程度的專注，她覺得心底升起一種被誤解的情人與母親特有的意識，一種被冒犯的意識，而這種意識像個麵團，在她的靈魂裡發酵。也因為她無法以言語表達這種感覺，她只好藉由她一直盯著公園某處的那雙眼睛，讓這種感覺得到抒發。

可是，就在她呆滯的雙眼凝望之處，她突然瞥見一個熟悉的身影，她嚇壞了。不管克里瑪說什麼，她都聽不見了。這已經是第三道以槍管對準她的目光了，而且是最危險的目光，因為露珍娜一直無法確定，誰該為她懷孕的這件事負責。她最先想到的，是現在正在暗處偷窺她的那個男人，現在正笨手笨腳地躲在公園的樹後頭。這個可能性只有在剛開始的時候明顯成立，因為後來她就越來越想選擇小喇叭手作為孩子的生父了，她想著想著，直到有一天，終於決定，很肯定就是他了。請別誤會，她把懷孕歸給克里瑪並不是詭計。她做出決定的時候並沒有選擇詭計，她選擇的是真理。她決定了，事情真的就是這樣。

而且，懷孕是這麼神聖的事，她不認為有可能讓她懷孕的會是一個她看不起的男人。她相信的不是邏輯推論，而是某種超越理性的體悟——她只可能跟她喜歡、欣賞，看得起的男人懷上小孩。她在電話裡聽到她選來當孩子父親的人竟然驚訝，害怕，拒絕擔任父親的使命，這時，一切就成定局了，因為從這一刻起，她不僅不再懷疑她的真理，還準備好要為她的真理而戰。

克里瑪不再說話，他輕撫露珍娜的臉頰。露珍娜從沉思中回過神來，看到克里瑪的微笑。他對她說，他們應該開車去野外兜兜風，像上次那樣，因為啤酒館的桌子像一堵冷冰冰的牆，把他們隔開。

她害怕。弗蘭提塞克一直在公園的樹後頭，眼睛直盯著啤酒館的玻璃窗不放。如果他們走出去的時候，他跑過來攻擊他們，那會怎麼樣？如果他像星期二那樣大吵大鬧，那會怎麼樣？

「請幫我結帳，兩杯干邑白蘭地。」克里瑪對服務生說。

露珍娜從袋子裡拿出一個小玻璃瓶。

小喇叭手給服務生一張紙鈔，再大方地把零錢退回去。

露珍娜打開小藥瓶，把一粒藥片倒在手心，然後吞下去。

她塞上藥瓶的瓶塞，克里瑪轉過身來，面對面看著她。克里瑪把雙手伸向她在桌上的雙手，她放開藥瓶，感受克里瑪手指的觸摸。

「來，我們走吧。」克里瑪說，露珍娜站了起來。她看見雅庫的目光盯著她，充滿敵意，於是她把眼睛轉向別處。

一走出外面，露珍娜立刻擔心地往公園的方向看去，可是弗蘭提塞克已經不在那兒了。

10

雅庫起身，拿起還半滿的酒杯，走到空出來的桌位坐下。他滿足地從窗口看著公園裡泛著紅光的樹木，心裡重複著，這些樹就像火焰，他把四十五年的人生都丟進這場大火裡了。接著，他的目光移到桌上的托盤，瞥見菸灰缸旁邊有個被遺忘的小玻璃瓶。他把玻璃瓶拿起來仔細端詳，發現上頭寫著一個陌生的藥名，還有用鉛筆寫的「每日服用三次」，裡頭的藥片是淡藍色的。這讓他有一種奇怪的感覺。

這是他在這個國家度過的最後幾小時，所有最細瑣的小事都背負了某種不尋常的意義，成為具有寓意的景象。他思忖著，就在今天，有人在桌上留給我一小瓶淡藍色的藥片，這意謂什麼？而為什麼非得由這個女人把東西留給我？她是政治迫害者的傳人，也是劊子手的同路人。難道她是要透過這個動作告訴我，淡藍色藥片的必要性還沒過去？還是，她想用這個來影射毒藥，藉此向我表達她無法抹滅的恨意？又或者，她想告訴我，離開這個國家，跟吞下放在外套口袋裡的淡藍色藥片是一樣的，都是一種棄絕自我的表現。

他在口袋裡摸了摸，拿出那一小團薄紙，再把它攤開。現在，他看著這粒藥片，它的顏色似乎比那些被遺忘的藥片再深一點。他打開小玻璃瓶，把一粒藥片倒在手上。是的，他的藥片小了一點，顏色也稍微深一點。他把兩粒藥片一起放回瓶子裡。現在，他看著這些藥片，發現第一眼看去其實不會察覺有任何不同。在藥瓶的最上面，在這些無害的、應該是用來治療最輕微毛病的藥片上面，死神戴著面具在那裡休息。

就在這時候，奧嘉出現在桌邊。雅庫趕緊把藥瓶塞上，放在菸灰缸旁邊，站起來迎接他的朋友。

「我剛才碰到克里瑪，就是那個很有名的小喇叭手！怎麼可能啊！」奧嘉一邊說，一邊往雅庫旁邊坐下：「他竟然跟那個可怕的女人在一起！今天在浴場的時候，那女人可把我整慘了！」

她突然停下來，因為這時露珍娜一臉傲慢地站在桌邊，對他們說：「我把我的藥片忘在這兒了。」

雅庫還來不及回答，露珍娜已經瞥見小藥瓶放在菸灰缸旁邊，伸手就要去拿。

可是雅庫比她更迅速，先拿起了藥瓶。

「把東西給我！」露珍娜說。

「我想拜託您一件事，」雅庫說：「請讓我拿一粒藥片。」

「對不起，我已經沒時間了！」

「我吃同樣的藥，我……」

「我不是流動藥局。」露珍娜說。

雅庫想把瓶塞拔起來，可是露珍娜不等他這麼做，突然把手伸向藥瓶。雅庫立刻把藥瓶緊緊握在掌心。

「這什麼意思？把藥片給我！」年輕女人對他大叫。

雅庫直視她的眼睛；他慢慢把手打開。

11

在車輪的轟鳴聲中，她清楚意識到這趟旅程的無謂。她都這麼確定丈夫不會在溫泉小鎮了，那為什麼還要去那裡？花四個小時搭火車，只為了得知她早就知道的事？她聽從的不是一個有理性的意念，在她心裡的，是一具已經發動的引擎，轉呀轉的，怎麼也停不下來。

（是的，在這一分鐘，弗蘭提塞克和克里瑪像兩枚受到盲目嫉妒心遙控的火箭，被發射到故事的太空——可是，這種盲目能做出什麼導引？）

首都和溫泉小鎮之間的交通不是那麼方便，克里瑪夫人轉了三次車，筋疲力竭，才在一個田園風格的車站下了車，車站裡到處都是廣告看板，介紹當地具療效的溫泉水和神奇的溫泉泥。她走上從車站通往溫泉中心的白楊木大道，走到拱廊最前面幾根柱子的時候，被一張手繪海報嚇了一跳。她看到丈夫的名字用紅色的字母寫在海報上，她驚訝地在海報前停了下來，仔細一看，丈夫的名字底下還有另外兩個男性的名字。她無法相信：克里瑪沒有騙她！他確實就是這麼跟她說的。最初幾秒鐘，她因此感受到一股巨大的欣喜，那是一種已經喪失許久的信任感。

可是欣喜沒有持續多久，因為她立刻察覺，音樂會的存在根本不能證明她丈夫的忠誠。他之所以會接受在這偏僻的溫泉小鎮演出，肯定是要來跟某個女人相會。她心想，情況可能比她設想的還糟，她掉進了一個陷阱：

她來這裡是為了確定她的丈夫不在這裡，也就是間接（再一次，而且是第N次！）證實他的不忠。可是現在，事情有了變化，她不會以說謊的現行犯將他逮捕，而是因為他不忠的罪行（而且是直接，還是親眼見證）。不管她想不想，她都會看到跟克里瑪共度了一天的女人。想到這裡，她幾乎要站不穩了。當然，長久以來，她一直確信自己什麼都知道，可是直到此刻，她其實什麼也沒看過（她沒見過她丈夫的任何一位情婦）。老實說，她什麼都不知道，她只是相信她知道，而且將確信的力量賦予這個假設。她相信她丈夫的不忠，就像基督徒相信上帝的存在。只是，基督徒相信上帝的同時，也絕對相信自己永遠不會見到上帝。想到她今天就要看見克里瑪跟一個女人在一起，她心裡的驚恐就像基督徒接到上帝打來的電話，說要過來一起吃個午飯。

焦慮襲遍她全身。可是，就在這時候，她聽到有人在叫她的名字。她回頭一看，迴廊中間站著三個年輕男人，他們都穿著牛仔褲和套頭毛衣。相較於其他在溫泉中心散步的療養者細緻而沉悶無趣的衣著，他們的波西米亞風格顯得十分突出。他們笑著向她打招呼。

「真是太巧了！」她大叫。迎面而來的是幾位電影人，是她拿麥克風登臺演出的時代認識的朋友。

個子最高的那位是導演，他立刻挽著她的手臂說：「如果我們可以想像你是為我們來這裡的，那就太讓人開心了……」

「可惜你是為你丈夫來的……」助理導演語帶憂傷。

「真是太可憐了！」導演說：「首都最美麗的女人，卻被吹小喇叭的那個蠢貨關在籠子裡，所以這麼些年來，我們不管到哪裡都看不到她了……」

「可惡！」攝影師（就是穿破毛衣的那位）說：「我們得好好慶祝一下！」

他們滔滔不絕地向這位光華四射的皇后獻上讚美。他們以為皇后會不當一回事，順手扔了他們的讚美之詞，扔進一個裝滿她不屑一顧的禮物的籃子裡。沒想到這次，卡蜜拉像個跛腳的年輕女孩倚在仁慈的臂膀上，滿心感激地收下他們所說的話。

12

奧嘉說話的時候，雅庫心想，他剛把毒藥給了那個陌生女子，而她隨時都有可能吞下去。

事情是突然發生的，快到他甚至沒有時間去理解。這件事是在他不知情的情況下發生的。

奧嘉一直在說話，雅庫則在心裡為自己找理由，他心想，他可沒有想要把藥瓶給那年輕女子，是她，就是她自己逼人這麼做的。

可是他立刻意識到，這個藉口太容易了，他其實有一千個理由可以不要照她說的去做。那個年輕女子無禮，他可以用他自己的無禮來回應，他可以若無其事地把第一粒藥片倒在手上，放回口袋裡。

就算他錯過了決斷的時機，當下什麼也沒做，他也可以衝出去追上那個年輕女子，向她坦承瓶子裡有毒藥。其實，要向她解釋事情的始末並不難。

可是他沒有行動，他還是坐在椅子上，看著奧嘉對他說其他的事。現在他得站起來了，他得跑出去追上那位護士，時間還來得及，他有責任盡全力挽救她的生命。可是他為什麼還坐在椅子上，為什麼他動也不動？

奧嘉說著，雅庫很驚訝自己還是坐在椅子上，動也不動。

他決定了，他應該立刻站起來，出去找那位護士。他思忖著如何向奧嘉解釋必須離開的理由，他該坦承剛才發生的事嗎？他的結論是他不能向她坦承。如果那位護士在他趕到之前就吞下藥片，事情會是如何？要讓奧嘉知道雅庫是殺人兇手嗎？就算他及時趕到，他要怎麼在奧嘉的目光下替自己辯護，向她解釋自己為何遲疑良久？他要怎麼向奧嘉解釋，他把藥瓶給了這個女人？就因為這段時間他呆坐椅子上沒有任何作為，從現在起，不論在任何一個觀察者的眼裡，他都是殺人兇手了！

不，他不可以向奧嘉坦白，可是他能怎麼說呢？要怎麼向她解釋，他必須這樣突然站起來，莫名其妙地跑出去？

可是他要向她說的有什麼重要嗎？他還有時間管這種蠢事嗎？都已經攸關生死了，他還能擔心奧嘉怎麼想嗎？

他知道自己的想法徹底離題了，每一秒的猶豫都會加重護士的死亡威脅。事實上，時間已經來不及了，就在雅庫猶豫的時候，護士跟她的朋友應該已經離開啤酒館很遠了，他甚至連要往哪個方向去找她都不知道了。他知道他們往哪兒去嗎？他該往哪個方向去找他們？

可是立刻，他又自責了，因為這說法只是另一個藉口。要很快找到他們當然很難，可是並非不可能。要行動不會太遲，可是得立刻行動，不然就來不及了！

「我今天從一開始就很糟，」奧嘉說：「睡過頭，太晚去吃早餐，他們不供餐了，去到浴場，又遇到那群拍電影的笨蛋。我實在很想要有美好的一天，畢竟這是我跟你在這裡度過的最後一天。這對我來說實在太重要了。你知道嗎，雅庫？你知道這對我有多重要嗎？」

「別擔心，你沒有任何理由會度過糟糕的一天。」他勉強對她說，因為他的注意力無法集中在她身上，有個聲音不停地提醒他，那個護士的袋子裡有毒藥，她是生是死就靠他了。那聲音令人厭惡，揮之不去，而且出奇地微弱，彷彿來自過於遙遠的深處。

13

克里瑪載露珍娜沿著森林裡的公路走，他發現這一次，豪華汽車的兜風對他沒什麼幫助，沒有任何東西可以鬆動露珍娜頑強的沉默，而克里瑪也久久不發一語。後來，靜默的壓迫感實在太大了，他開口說：「你會來聽音樂會嗎？」

「我不知道。」露珍娜答道。

「來吧。」他說。晚上的音樂會提供了開啟話頭的藉口，讓他們在爭執之中轉移了片刻的注意力。克里瑪故意用開玩笑的口吻講起打鼓的醫生，他決定把他跟露珍娜決定性的戰役延後到晚上。

「音樂會結束之後，你可不可以來等我，」他說：「像上次那樣……」他一說出最後這幾個字，就意識到其中的意涵。「像上次那樣」，意思就是說，他們在音樂會結束之後，會一起做愛。老天，他怎麼會忘了有這種可能？

說來奇怪，可是確實直到此刻，他的腦子裡甚至不曾浮現跟露珍娜上床的念頭。懷孕這件事不知不覺地將露珍娜緩緩推入與性愛無緣的焦慮國度。當然，他叮囑自己要記得對她展現溫柔，要吻她，要輕撫她，可是那只是一種姿態，是一個空洞的信號，根本不包含任何對身體的興趣。

現在他想清楚了，他告訴自己，這幾天他犯下的最大錯誤，就是對露珍娜身體的冷漠。是的，現在對他來說，這是絕對明確的（他很氣惱，他請教的那些朋友竟然沒人提醒他要注意這件事）：他無論如何得跟她上床！因為這個年輕女子突如其來而他無法參透的古怪情緒，恰恰源自他們倆的身體始終遙遙相隔。他在拒絕孩子，拒絕露珍娜的子宮綻放的花朵的同時，也以同樣傷人的拒斥之姿，拒絕了懷孕的身體。所以他必須對另一種身體（沒有懷孕的身體）展現更大的興趣，他必須將生殖的身體和不生殖的身體對立起來，並且找後者來當盟友。

想清楚這個道理之後，他覺得心裡浮現一股新希望，他摟著露珍娜的肩膀，靠到她身上說：「想到我們吵架，我心都碎了。你聽我說，我們會想出辦法解決的，重要的是，我們在一起，我們不能讓任何人剝奪我們的夜晚，這一夜會像上次一樣美。」

他一手握著方向盤，一手摟著露珍娜的肩膀，突然間，他覺得自己感受到心底深處湧現了對這年輕女子赤裸肌膚的慾望，他感到愉悅，因為這慾望可以賦予他們唯一的共同語言，讓他可以跟露珍娜說話。

「那我們要在哪裡碰面？」她問道。

克里瑪不是不知道，整個溫泉小鎮都會看到他跟誰一起離開音樂會，但他也想不出其他脫身之計了：

「音樂會一結束，你就來後臺找我。」

14

克里瑪急著趕回人民會館，為〈聖路易藍調〉和〈當聖徒進入天家〉這兩首曲子做最後的排練，露珍娜則是憂心地四下張望。幾分鐘前，在車上，她好幾次在照後鏡裡看見他騎著摩托車遠遠跟著他們。可是現在，她怎麼也看不見他的身影。

她成了被時間追捕的逃犯。她知道，明天之前，她必須想清楚自己想要什麼，可是她什麼都不知道。在這世界上，她沒有一個人可以信任。家人跟她疏遠。弗蘭提塞克愛她，但這正是她不信任他的原因（就像鹿不信任獵人）。克里瑪，她不信任他（就像獵人不信任其他獵人）。她很喜歡那些同事，可是並非完全信任她們（就像獵人不信任鹿）。她的人生是孤獨的，幾個星期前，她多了一個奇怪的夥伴，她把這個夥伴帶在子宮裡，有人說這是她最大的好運，也有人的看法完全相反，而她自己對這位夥伴其實沒什麼感覺。

她什麼都不知道。她整個人滿溢著不知道。她除了不知道，還是不知道。她甚至連要去哪裡都不知道。

她剛從斯拉維亞餐廳的門前走過。這是溫泉地最糟的一家店，鄉下人會來這裡喝啤酒，對著地板吐口水，是一家髒兮兮的酒館。從前，這裡應該是溫泉小鎮最好的餐廳，那個年代還在小花園裡留下三張漆成紅色的木桌（油漆已經龜裂，開始剝落了），還有幾張椅子，追憶著布爾喬亞的娛樂——露天演奏的銅管樂隊，舞會，還有放在椅子旁邊的小陽傘。可是露珍娜知道這個時代的什麼呢？她這輩子都走在「現在」的狹窄陸橋上，沒有任何歷史記憶。她看不到粉紅色陽傘從遙遠的時代投射到這裡的影子，她只看到三個穿牛仔褲的男人，一個漂亮的女人，和一瓶葡萄酒，放在一張沒鋪桌巾的桌子中央。

其中一個男人叫住她，她回過頭，發現是那個穿破毛衣的攝影師。

「一起來喝一杯吧。」他對著她大叫。

她聽從了。

「多虧有這位迷人的小姐，我們今天拍了一部可愛的色情片。」攝影師說著，就這樣把露珍娜介紹給另一個女人認識，而後者向露珍娜遞出手，低聲說出她的名字，聲音幾不可聞。

露珍娜在攝影師旁邊坐下，攝影師在她前面放下一只酒杯，為她倒了酒。

露珍娜覺得感激，因為有事情來了。因為她不必再問自己要去哪裡，也不必問自己該做什麼了。因為她不必再為要不要留下孩子做決定了。

15

終於，他採取行動了。他付錢給服務生，告訴奧嘉他得先離開一下，等音樂會開始前再跟她碰面。

奧嘉問他要做什麼，而雅庫覺得被人質問不太舒服。他答說跟斯克雷塔有約。

「好啊，」她說：「可是這不會花你太多時間。我回去換衣服，六點在這裡等你，我邀請你一起吃晚餐。」

雅庫送奧嘉回卡爾．馬克思之家。她的身影消失在通往房間的走廊，雅庫對門房說：

「請問，露珍娜小姐在她房裡嗎？」

「不在，」門房說：「她的鑰匙還掛在板子上。」

「我有非常緊急的事要跟她說，」雅庫說：「您知不知道我到哪兒可以找到她？」

「我不知道。」

「我剛才看到她跟今天晚上要在這裡開音樂會的小喇叭手在一起。」

「對，我也聽說她在跟他交往，」門房說：「照這時間來看，他應該是在人民會館排練。」

舞臺上，斯克雷塔醫生大喇喇地坐在鼓的後面，他瞥見剛進門的雅庫，向他揮了揮手。雅庫對他微笑，然後轉頭檢視一排排的座椅，那裡坐著十來位熱情的樂迷。（是的，弗蘭提塞克也在其中，他已經變成克里瑪的影子。）雅庫也坐了下來，心裡期盼那位護士會出現。

他思忖還可以上哪兒去找她。此刻，她有可能出現在各式各樣他意想不到的地方。他該去問小喇叭手嗎？可是要怎麼開口？如果露珍娜已經出事了，該怎麼辦？雅庫早就告訴自己，萬一那位護士真的死了，她的死也是完全無法解釋的，一個沒有動機的殺人犯是不會被發現的。他有必要引起別人的注意嗎？他該留下線索，讓自己成為被懷疑的對象嗎？

他回神再想，有一個人已經性命危殆，他怎麼還能用這麼卑劣的方式去想事情。他趁著兩首曲子之間的空檔，從後面爬到臺上。斯克雷塔轉身面向他，神采奕奕，可是雅庫把一根指頭貼在嘴唇上，低聲拜託他去問小喇叭手，一個小時前跟他在啤酒館的那位護士，此刻身在何處？

「你們這些人，到底要他怎麼樣？」斯克雷塔一臉不高興地嘟囔著。「露珍娜在哪裡？」他轉身對小喇叭手大叫，小喇叭手的臉都紅了，說他不知道。

「那就算了！」雅庫語帶歉意：「請繼續排演吧！」

「你覺得我們的樂團怎麼樣？」斯克雷塔醫生問他。

「很棒啊。」雅庫說完又回到臺下，坐在觀眾席。他知道自己的行為一直非常糟。如果他真的關心露珍娜的死活，他就會搞個天翻地覆，讓全世界都知道，這樣就可以用最快的速度把她找出來。可是，他找她只是為了替自己的良心脫罪。

他再次回想自己把裝了毒藥的瓶子交給她的那一刻。事情真的發生得太快了嗎？快到他意識不到發生什麼事嗎？事情發生的時候，他真的不知情嗎？

雅庫知道這不是真的。他的良心並沒有昏睡。他再次想起金髮底下的那張臉，他知道自己把裝了毒藥的瓶子交給那位護士並非偶然（不是因為他的良心昏睡了），而是因為存在於內心的古老欲望。這欲望蠢蠢欲動，多年來一直守候著時機到來，這欲望如此強大，終於，時機向欲望臣服了，時機向欲望急奔而來。

他顫抖著，從椅子上起身。他往卡爾．馬克思之家跑去，可是露珍娜還是不在。

16

多麼美好的牧歌，多麼美好的休憩！多麼美妙的幕間休息，在整齣戲的中間！多麼放蕩的午後，和三位牧神一同度過！

小喇叭手的兩位女性迫害者——他的兩個厄運——面對面坐著，兩人喝著同一瓶酒，兩人同樣快樂地待在這裡，甚至有那麼一瞬間，她們可以做點別的事，而不是滿腦子想著小喇叭手。多麼動人的契合，多麼和樂融融！

卡蜜拉看著三個男人。從前，她曾經屬於他們的圈子，現在她看著他們，彷彿在她眼前的，是她此刻生活的反面。她，陷在憂慮之中，這會兒坐在她面前的，卻是全然的無憂無慮；她，被唯一一個男人鍊住，這會兒坐在她面前的，卻是三位牧神，體現著各式各樣無窮無盡的雄性特質。

牧神們說的話很明顯對準一個目標，就是跟這兩個女人過夜，五個人一起過夜。這是個不切實際的目標，因為他們知道卡蜜拉的丈夫在這裡，可這目標實在太美好，他們明知無法企及，卻繼續追逐，繼續前進。

卡蜜拉知道他們在打什麼主意，她知道追逐這個目標只是一場空想、一場遊戲、一個夢幻的誘惑，於是她更輕易地放任自己沉醉在這場追逐裡。她為他們曖昧的話語發笑，她跟她陌生的女性同謀說笑，鼓勵對方，她希望儘可能延長這齣戲的幕間休息，好延後自己看到對手和面對真相的時刻。

一瓶酒又喝完了，大家都很開心，都有點醉了，可是酒醉的成分比較少，主要是因為這怪異的氣氛，因為這欲望——想要延長這稍縱即逝的片刻。

卡蜜拉感覺到桌子底下，導演的小腿正貼著她的左腿，她的感覺很清楚，可是她並沒有把腿縮回來。這接觸在他們之間建立了一種肉慾的交流，可是也有可能純屬巧合，這種小事，她確實有可能沒有察覺。所以，這接觸恰恰處在無邪和無恥的邊界。卡蜜拉不想越過這邊界，可是她很高興可以維持這樣的狀態（在這條細細窄窄的邊界上，停留在某種突如其來的自由上頭），而如果這條神奇的界線自己往其他的言語暗示、其他的撫摸、其他的遊戲移動，她會更開心。這道移動的邊界以曖昧的無邪保護著她，她渴望能讓自己被帶到遠方，遙遠的遠方，比遙遠更遙遠。

卡蜜拉的美，光芒四射，幾乎讓人不敢逼視，導演只敢謹慎緩步推進攻勢，而露珍娜的庸俗嬌媚則是暴烈而直接地吸引著攝影師。他摟著她，一隻手放上她的乳房。

卡蜜拉觀看這個場景。她已經很久不曾近看別人的猥褻動作了！她看著男人的手覆蓋年輕女人的乳房，透過衣服揉捏，擠壓，愛撫。她觀察露珍娜的臉，靜止，被動，看起來肉體很放鬆。那隻手愛撫著乳房，時間慢慢過去了，卡蜜拉感覺到助理導演的膝蓋頂上她的另一條腿。

這時，她說話了：「我要好好玩上一整晚。」
「你的小喇叭手，讓他見鬼去吧！」導演接著她的話說。
「對！讓他見鬼去吧！」助理導演也說了同樣的話。

17

這時，露珍娜認出她了。沒錯，她的同事給她看過的照片，就是這張臉。她猛然把攝影師的手推開。
攝影師不高興地說：「你瘋啦？」
再一次，他想要抱住她，再一次，他又被推開。
「您怎麼可以這樣！」
導演和他的助理哈哈大笑。「您是說認真的嗎？」助理導演問露珍娜。
「當然是，我是認真說的。」她語氣嚴厲地回答。
助理導演看了看錶，對攝影師說：「現在是六點整，剛才會發生這樣的大逆轉，是因為每逢偶數鐘點，我們的朋友就會變成貞潔的女人，所以你得耐心地等到七點。」

笑聲又再次爆開。露珍娜羞愧得紅了臉。她讓人當場看見一個陌生男人的手放在她的乳房上，她讓人當場看見自己正在被人毛手毛腳，她讓她最在意的對手當場看見自己被所有人嘲笑。

導演對攝影師說：「或許你該拜託這位小姐破個例，把六點鐘當作奇數鐘點。」

「把六視為奇數，你認為理論上有可能嗎？」助理導演問道。

「可能啊，」導演說：「歐基里德在他著名的定理中說過這麼一段話：『在某些非常神祕的特殊狀況下，某些偶數會表現得像是奇數。』我覺得我們現在遇到的就是這種神祕的狀況。」

「所以，露珍娜，您願不願意把六點鐘當成奇數的鐘點呢？」

露珍娜不作聲。

「你願意嗎？」攝影師一邊說，一邊靠到她身上。

「這位小姐不開口，」助理導演說：「所以我們得決定，該把她的沉默解釋成同意，還是拒絕。」

「我們可以表決。」導演說。

「沒錯。」助理導演說：「誰贊成露珍娜願意接受六是奇數？卡蜜拉！你來投第一票！」

「我認為露珍娜絕對是同意的。」卡蜜拉說。

「那你呢，導演？」

「我相信，」導演用他溫柔的聲音說：「露珍娜小姐願意把六當成奇數。」

「攝影師利益牽涉太多，所以沒投票權。至於我，我投贊成票。」助理導演說：「所以我們決定了，三票贊成，露珍娜的沉默等同於同意。所以，攝影師，你可以立刻繼續你剛才在做的事。」

攝影師靠到露珍娜身上，摟住她，手又順勢摸上她的乳房。露珍娜也再一次推開他，力道比剛才更猛，還對他大叫：「把你的髒手拿開！」

卡蜜拉出面調解：

「好嘛，露珍娜，他也沒辦法呀，您就是這麼讓他著迷。大家的心情都這麼好……」

幾分鐘前，露珍娜還任人擺布，任由他們對她為所欲為，彷彿希望能在突如其來的偶然之中，讀出自己的命運。她任由自己被劫持，被誘惑，不管什麼事都相信，只要能逃離她陷入的絕境。

可是她原本乞憐仰望的偶然，剛剛突然顯現敵意，讓露珍娜在對手面前飽受嘲弄，成為大家的笑柄。她告訴自己，她只有一個堅實的依靠，她只有一個安慰，她只有一個得救的機會，就是她肚子裡的胎兒。她整個靈魂再次下降（再一次！再一次！），降到下面，降到內裡，降到身體的深處，露珍娜越來越相信，她永遠不該和她體內靜靜萌芽的這個生命分離。這是她擁有的祕密王牌。這張王牌將她高高舉起，高過他們骯髒的手，凌駕他們的笑聲。她極其渴望，想把懷孕的事情告訴他們，她很想當面對他們大吼，向他們和他們的嘲諷復仇，向她和她高傲的親切復仇。

「一定要冷靜！」她告訴自己。她在袋子裡摸索那個藥瓶，才拿出來，她就感覺有隻手緊緊握住她的手腕。

18

沒有人看見他走過來。他突然出現在那裡，露珍娜才轉過頭，就看見他的微笑。

他還是握著她的手；露珍娜的手腕感覺得到他手指強勁的觸感，她順從了，藥瓶掉回手提袋的底部。

「各位女士、各位先生，請允許我和你們坐在一起，我叫做伯特列夫。」沒有一個男人對這位不速之客的到來感興趣，沒有一個男人自我介紹，而露珍娜也沒有足夠的社交經驗，不知如何將同伴們介紹給他。

「我的不請自來似乎讓各位感到困擾。」伯特列夫說。他從隔壁桌拉來一張椅子，在他們桌子另一頭沒人坐的地方坐了下來。結果他成了這一桌的主席，露珍娜坐在他的右邊。「請原諒我，」他接著說：「長久以來，我這奇怪的習慣一直沒改，我來到一個地方都是像幽靈那樣現身。」

「這樣的話，」助理導演說：「請允許我們把您當成幽靈，就不招呼您了。」

「我很願意允許你們這麼做，」伯特列夫說著，微微欠身：「不過，我只怕儘管我很願意，你們也沒辦法這麼做。」

接著他轉身向著燈火通明的餐廳門口拍了拍手。

「領導，請問是誰邀您來這兒的？」攝影師問道。

「您說這話，意思是我不受歡迎嗎？我也可以立刻帶著露珍娜離開，可是習慣

是改不了的，我每天傍晚都來這裡，坐這張桌子，喝上一瓶酒。」他細看了桌上那瓶酒的酒標，然後說：「不過當然要比你們正在喝的這瓶好。」

「我不知道在這家低級餐館，您要怎麼找到好酒。」助理導演說。

「領導，我覺得您的牛皮吹太大了。」攝影師接了話，他想讓這位不速之客顯得可笑：「確實，從某個年紀開始，有些人就只剩一張嘴。」

「你們錯了。」伯特列夫像是沒聽到攝影師對他的羞辱，他說：「他們的柴堆後頭還藏了幾瓶好酒，比你們能在最高級的大飯店找到的都好。」

話才說完，他已經握上餐廳老闆的手了，其他人在這兒待了這麼久都不知道老闆在哪裡，而他現在卻親自歡迎伯特列夫的光臨，他問道：「要幫所有人都擺上餐具嗎？」

「當然。」伯特列夫回答，接著轉頭對其他人說：「各位女士、各位先生，我邀請大家和我一起品嘗這瓶酒，我喝過好幾次，覺得風味極佳。不知道各位願不願意？」

伯特列夫說的話無人回應，倒是餐廳老闆開口了：「說到美酒、美食，我可以向在座的各位先生女士推薦，你們絕對可以信任伯特列夫先生。」

「我的朋友，」伯特列夫對老闆說：「請給我們兩瓶酒和一大盤乳酪。」然後他又轉頭對其他人說：「各位的猶豫是沒有意義的，露珍娜的朋友就是我的朋友。」

一個約莫十二歲的男孩端著托盤從餐廳裡跑出來，托盤上有幾只酒杯、幾個小碟子和一塊桌巾。他把托盤放在鄰桌，挨著這些顧客的肩膀，收走他們半滿的酒杯。他把這些酒杯和喝剩的酒瓶擱在剛才放托盤的桌上，然後回頭用抹布擦桌子。桌子看起來很髒，他擦了很久，才把一塊白得發亮的桌巾鋪上去。接著，他又從鄰桌拿起剛剛收走的酒杯，想把它們放回每位顧客的面前。

「把這些杯子和這瓶用葡萄渣做的果汁拿走。」伯特列夫對男孩說：「你父親會拿更好的酒給我們。」

攝影師抗議：「領導，您可以行行好，讓我們喝我們想喝的東西嗎？」

「就照您的意思吧，先生，」伯特列夫說：「我可不是強迫人家接受好意的那種人。每個人都有權利喝他的爛酒，做他的蠢事，讓他的指甲髒兮兮。聽我說，孩子，」他對那男孩說：「請把每個人的酒杯還給他們，再給每個人一只空的酒杯。我的客人可以自由選擇，看他們是要喝在霧裡釀的酒，還是在陽光下誕生的酒。」

所以，現在，每個人都有兩只酒杯，一只是空的，另一只裝著一點喝剩的酒。

餐廳老闆帶著兩瓶酒走過來，他把第一瓶酒夾在兩膝之間，用一個大動作把酒塞拔出來，然後倒了一點酒在伯特列夫的杯子裡。伯特列夫把杯子湊近嘴邊，喝了一口，轉頭對老闆說：「太棒了，這是二三年的嗎？」

「是二二年的。」老闆糾正他。

「為大家斟酒吧！」伯特列夫說，於是餐廳老闆依序為同桌的人把酒杯斟滿。

伯特列夫用手指掐著杯腳，舉起酒杯。「朋友們，請品嘗這酒，它帶有過去的甜美氣息。品嘗它，就像呼吸著某個被遺忘許久的夏天，一邊還咬著一根長長的骨頭，吸吮裡頭的骨髓。我想要藉著這次碰杯，結合過去和現在，也結合一九二二年的太陽和此刻的太陽。此刻的太陽就是露珍娜，這個年輕的女人如此單純，她是個皇后，自己卻不知道。在這溫泉小鎮的背景裡，她像一顆鑽石鑲在乞丐的衣服上，她像一彎新月被遺忘在白晝的天空裡，像一隻蝴蝶在雪地裡鼓動翅膀。」

攝影師乾笑幾聲說：「領導，您會不會太誇張了？」

「沒有，我沒有誇張。」伯特列夫對攝影師說：「您會這麼覺得，是因為您只住在生命的地底，您是一瓶醋，化身為人形！您的酸氣四溢，像在煉丹術士的鍋子裡沸騰似的！您把生命用在發現周圍的醜陋事物，而那其實是您自己內在背負的醜惡。這是您唯一的方法，可以讓自己有那麼一瞬間，感覺到自己與世界和平共存。因為世界，這個美麗的世界，它讓您感到害怕，他讓您覺得不舒服，而且還不斷把您推出它的中心。自己的指甲髒兮兮的，而一位美女在身邊，這真是令人無法忍受！所以，得先把女人弄髒了，然後才去享用她。不是嗎？先生。我很高興您把手藏在桌子底下，我說到您的指甲，肯定沒有說錯。」

「我才懶得理您那些繁文縟節，我可不像您，戴著白色領子還打領帶在扮小丑。」攝影師打斷他的話。

「您的指甲髒兮兮，您的毛衣破了洞，這在太陽底下不是什麼新鮮事。」伯特列夫說：「從前有個犬儒派的哲學家，總是穿著破斗篷大搖大擺地在雅典街頭展示他對習俗和成規的蔑視，好讓所有人對他發出讚賞。有一天，蘇格拉底遇見他，對他說：『我從你斗篷上的破洞看見你的虛榮。』先生，您指甲的骯髒也是一種虛榮，您的虛榮是骯髒的。」

露珍娜十分驚訝，回不過神。她約略知道這個男人是溫泉地的療養者，現在他宛如從天而降，出手幫她。她深深著迷，因為他舉手投足的迷人風采，因為他冷酷的自信粉碎了攝影師的傲慢無禮。

「我看您已經無話可說了，」片刻的沉默之後，伯特列夫對攝影師說：「請您相信，我完全沒有冒犯之意。我喜歡和諧，不喜歡爭吵，如果我逞了口舌之快，還請原諒。我想要的只有一件事，就是請大家品嘗這瓶酒，請大家和我一起為露珍娜乾杯，我就是為了她才來的。」

伯特列夫舉起酒杯，可是沒有人理他。

「老闆，」伯特列夫對餐廳老闆說：「來跟我們一起乾杯吧！」

「要喝這酒，我隨時奉陪，」餐廳老闆從隔壁桌上拿來一只空酒杯，斟了酒：「伯特列夫先生對美酒很內行，他老早就聞到我的酒窖了，就像燕子老遠就認得自己的窩在哪裡。」

伯特列夫快樂地笑了，那是一個人的自戀得到吹捧的快樂笑聲。

「您要跟我們一起為露珍娜乾杯嗎？」他說。

「為露珍娜乾杯？」餐廳老闆問道。

「對，為露珍娜乾杯。」伯特列夫說著，一邊以眼神示意，指著他身旁的女人：「您跟我一樣喜歡她嗎？」

「伯特列夫先生，在您身邊，我們只看得到美女。其實不看也知道這位小姐很美，因為她就坐在您的身邊。」

再一次，伯特列夫發出快樂的笑聲，餐廳老闆也像齊唱般笑了。怪的是連卡蜜拉也跟他們一起笑了——其實從伯特列夫一出現，就逗得她很樂。這是一陣意想不到的笑，可是它的傳染性令人驚訝，也無從解釋。接著是導演，他以某種微妙的方式加入了卡蜜拉的陣營，然後是助理導演，最後露珍娜也加入了，她沉浸在此起彼落的笑聲中，像在一個舒心的擁抱裡。這是她今天第一次笑，是她今天第一個放鬆的時刻。她笑得比其他人都大聲，而且怎麼笑都不夠。

伯特列夫把酒杯舉得更高了。「敬露珍娜！」餐廳老闆也舉起酒杯，接著是卡蜜拉，然後是導演和助理導演，所有人都跟著伯特列夫說：「敬露珍娜！」最後連攝影師也舉起酒杯，一言不發地把酒喝了。

導演喝了一口酒。「真的，這酒真是太棒了！」他說。

「我早就跟你們說了！」餐廳老闆說。

在他們說話的時候，男孩已經把盛著乳酪的大托盤放在桌上了，伯特列夫說：「大家請慢用，這些乳酪非常好！」

導演很驚訝地說：「您上哪兒找來這麼多種乳酪？我還以為我在法國呢！」

突然間，緊張全部消失了，氣氛變得舒緩了，大家滔滔不絕地聊了起來，吃著乳酪，心裡納悶老闆去哪裡找來這些乳酪（畢竟在這個國家，乳酪的種類少得可憐），然後往杯子裡倒酒。

就在氣氛極佳的時刻，伯特列夫起身告辭：「很高興能跟大家在一起，非常感謝各位，我的朋友斯克雷塔醫師今天晚上要開演奏會，我和露珍娜想過去聽。」

19

夜幕漸漸低垂，露珍娜和伯特列夫剛剛消失在薄紗般的夜色裡，而最初載著這群酒伴航向夢幻放蕩之島的衝動也完全消失了，沒有什麼可以將它喚回，也沒有人提得起勁了。

對卡蜜拉來說，這像是從一場夢裡醒來，她原本不惜代價要在夢裡待得越久越好，她想像自己不是一定要去聽音樂會。對她來說，這原本是個神奇的驚喜——她發現自己來這裡不是為了逮住丈夫，而是為了經歷一場綺情的冒險。跟這三個電影人留下來，明天早上再偷偷回家，這真是太棒了。有個聲音低聲告訴她一定要這麼做；這是一個行動；一種解脫；一種療癒；一種著魔之後的醒悟。

可是她已經太清醒了，所有魔法都停止作用了。她獨自和自己在一起，和她的過去，和她的腦袋在一起，裡頭裝滿焦慮不安的陳舊思緒。她原本希望可以延長這個過於短促的夢，即便延長幾個小時都好，可是她知道，這場夢已經褪色，如晨曦般消散了。

「我也得走了。」她說。

他們試著讓她改變心意，可是他們心裡有數，他們沒有足夠的力量和自信可以留住她。

「可惡，」攝影師說：「那傢伙到底是什麼人？」

他們想要問餐廳老闆，可是伯特列夫一離開，又沒有人招呼他們了。餐廳裡傳來微醺的客人喧鬧的聲音，他們圍著小花園的桌子坐著，被遺棄在喝剩的酒和吃剩的乳酪前面。

「不管他是誰，我們的夜晚都被他毀了，先是帶走其中一位女士，現在，另一位女士也要自己一個人走了。我們要送卡蜜拉回去。」

「不了，」卡蜜拉說：「請留在這裡，我想要自己一個人。」

她已經不和他們同在了。現在，他們的存在讓她心煩。嫉妒，一如死亡，來找她了。她的心神都被嫉妒控制了，根本沒留意到其他人。她起身，往伯特列夫和露珍娜剛才離開的方向走去。她在遠處聽到攝影師說著：「真是可惡……」

20

音樂會開始前，雅庫和奧嘉先去樂手休息室跟斯克雷塔握手，再走進大廳。奧嘉想在中場休息時離場，好跟雅庫獨處，一同度過晚上的時光。雅庫回說他的朋友會生氣，可是奧嘉很篤定，認為他根本不會發現他們提早離席。

大廳裡坐滿聽眾，他們那一排只剩下他們兩人的位子空著。

「這女人像影子似的，一直跟著我們。」坐下的時候，奧嘉靠在雅庫身上對他說。

雅庫轉頭看見，奧嘉旁邊坐著伯特列夫，而伯特列夫旁邊是手提袋裡有毒藥的那個護士。他的心跳停了一秒，不過因為他一輩子都在努力隱藏內心的起伏，所以他立刻以極為平靜的語氣說：「我發現我們這排都是免費席，這裡坐的都是斯克雷塔的朋友和他認識的人，所以他知道我們坐在哪裡，也會看到我們離開。」

「你就跟他說前排的音效不好，所以我們中場之後就跑去坐到最後面了。」奧嘉說。

可是克里瑪已經帶著他的黃金小喇叭上臺，聽眾也開始鼓掌了。斯克雷塔醫生在他後頭出現時，掌聲更熱烈了，大廳裡一陣竊竊私語。斯克雷塔醫生謙虛地站在小喇叭手後面，笨拙地揮著手臂，表示音樂會的主角是這位來自首都的貴賓。聽眾們看到他笨拙的手勢如此可愛，掌聲又更熱烈了。大廳的後排座位有人高喊：「斯克雷塔醫師萬歲！」

三位樂手當中，鋼琴師最低調，得到的喝采也最少，他在鋼琴前的椅子坐下來，斯克雷塔坐在一大套鼓的後頭，小喇叭手則是踩著有節奏的腳步，在鋼琴師和斯克雷塔之間輕盈地踱步。

掌聲停了下來，鋼琴師敲擊琴鍵，即興獨奏了一段序曲。可是雅庫發現他的好友似乎很緊張，繃著一張臉，在身邊東看西看。小喇叭手也察覺斯克雷塔醫生有了麻煩，於是走過去。斯克雷塔不知對他低聲說了什麼，兩人都俯下身去，仔細查看地板。小喇叭手在鋼琴底下找到一支細長的鼓棒，他拾起鼓棒遞給斯克雷塔。

這時，從頭到尾專心觀看這一幕的聽眾們再次鼓掌，鋼琴師以為這陣喝采是在為他的序曲叫好，他一邊演奏，一邊向觀眾致意。

奧嘉握著雅庫的手，在他耳邊說：「好棒啊！這音樂真是太棒了，我覺得從這一刻開始，我一整天的倒楣事都結束了。」

小喇叭和鼓終於也加進來了。克里瑪一邊吹奏，一邊踱著有節奏的小步，斯克雷塔則是端坐在他的鼓後頭，宛如一尊威嚴華麗的大佛。

雅庫想像那位護士在音樂會中途想起她的藥，吞了那粒藥片，在痙攣中倒下，死在座位上，而斯克雷塔醫生正在臺上打他的鼓，聽眾們熱情鼓掌，高聲叫好。

突然間，他清楚意識到為什麼這個年輕女子會跟他坐在同一排了。剛才在啤酒館的不期而遇，其實是一種誘惑，一種試煉，事情之所以會發生，只是為了讓他可以在鏡子裡看見自己的形象——給鄰人毒藥的人的形象。可是將他放進試煉裡的那位（也就是他不相信的上帝）沒有要求血腥的祭獻，沒有要求無辜者的鮮血。這場試煉結束時，不該有死亡，只有雅庫的自我啟示，藉此永遠奪走他道德上不當的傲慢。現在這位護士之所以跟他坐在同一排，是為了讓他在最後一刻可以挽救她的性命。也正因為如此，雅庫在前一天認識的朋友才會坐在護士旁邊，而且會來幫他。

是的，他等待第一個時機，或許是兩首曲子中間的第一次休息，他要請伯特列夫和那個年輕女子一起到外頭。這樣，他就可以把一切解釋清楚，這場不可思議的瘋狂鬧劇就會收場。

樂手們奏完第一首曲子，掌聲響起，護士說了聲「抱歉」，就跟伯特列夫一起離開座位。雅庫想起身跟上他們，可是奧嘉拉住他的手臂說：「不要嘛，拜託你，不是現在。等中場休息再走！」

一切都發生得太快，他還來不及想清楚，樂手們已經開始演奏下一曲了，這時雅庫才明白，將他放進試煉裡的那位之所以讓露珍娜坐在他旁邊，不是為了救贖他，而是為了在這一切可能的遲疑之後，確認他的失敗，定他的罪。

小喇叭手專心吹奏小喇叭，斯克雷塔醫生矗立在那裡，像一尊擊鼓的大佛，雅庫坐在他的座位上，動也不動。這一瞬間，他看不見小喇叭手，也看不見斯克雷塔醫生，他只看得見他自己，他看見自己坐著，動也不動，他沒辦法讓自己的目光離開這駭人的形象。

21

小喇叭清亮的樂音在克里瑪的耳邊響起，他相信是他自己在這樣震動著，是他獨自一人填滿了整個大廳的空間。他感覺自己強大，無敵。露珍娜坐在保留給貴賓的免費席，她坐在伯特列夫旁邊（這也一樣，是個好兆頭），晚會的氣氛十分宜人。聽眾們如饑似渴地聆聽，而且心情都很好，這讓克里瑪默默產生了希望，期待事情可以圓滿收場。臺下爆出第一陣掌聲時，他以優雅的手勢指著斯克雷塔醫生——這天晚上，他覺得斯克雷塔醫生特別討人喜歡，而且跟他特別親近。醫生矗立在他的鼓後面，向聽眾致意。

可是奏完第二曲的時候，當他望向觀眾席，發現露珍娜的座位是空著的，他開始害怕了。從這一刻起，他的演奏變得焦躁不安，他的目光在大廳裡四處遊走，張椅子掃過一張椅子，檢查每一個座位，可是卻找不到她。他猜想她是刻意先離開，因為她不想再聽一次他的說詞，她已經下定決心不去人工流產審查委員會了。音樂會結束之後，該去哪裡找她？要是找不到她，會發生什麼事？

他覺得自己演奏得很糟，像機械一樣，根本心不在焉。可是聽眾們聽不出小喇叭手的心情沉悶，大家都很滿意，每首曲子結束時的歡呼聲也越來越高昂。

他安慰自己，說不定她只是去上個廁所，或許她有點不舒服，懷孕的女人多少都會這樣。過了半小時，他告訴自己，她是回去找個東西，等一下就會再出現在她的座位上了。可是中場休息結束了，音樂會接近尾聲了，那張椅子還是一直空著。或許她不敢在音樂會進行到一半的時候走回大廳？或許她會在最後的掌聲中回來？

可是現在，最後的掌聲響起了，露珍娜沒有出現，克里瑪快要崩潰了。聽眾們起立高喊「安可！」克里瑪轉頭望著斯克雷塔醫生，搖頭表示他不想再演奏了，可是他看見一雙熠熠閃亮的眼睛，這雙眼睛只想打鼓，這雙眼睛想要繼續打鼓，永遠打下去，徹夜不眠地打下去。

聽眾們把克里瑪的搖頭理解為明星對臺下聽眾慣有的調情動作，於是鼓掌又更賣力了。這時，一個美麗的年輕女子跑到臺前，克里瑪瞥見她的時候，以為自己就要昏厥倒地，再也醒不來了。她對他微笑，還對他說（他聽不見她的聲音，只是從嘴型去猜想她說的話）：「拜託嘛，繼續！繼續！」

克里瑪舉起小喇叭，表示他要繼續演奏了。聽眾們一下子鴉雀無聲。

兩位夥伴大喜，奏起安可曲。對克里瑪來說，這就像在送葬的銅管樂隊裡演奏，而且跟隨的還是自己的棺木。他吹奏著，知道一切都完了，他只能閉上雙眼，垂下手臂，任由命運的巨輪碾壓。

22

在伯特列夫的公寓裡，一張小茶几上擺著各式酒瓶，一瓶挨著一瓶，各式華麗的酒標上寫著充滿異國情調的酒名。露珍娜對這些奢華的酒一無所知，她不知道能選什麼，就要了一杯威士忌。

然而，她的理性還是努力要穿透暈眩的薄紗，試圖理解狀況。她問了伯特列夫好幾次，為什麼他恰恰選在這一天來找她，而他幾乎不認識她。「我想要知道，」她說：「我想要知道您為什麼想到我。」

「我想著您已經很久了。」伯特列夫回答的時候一直盯著她的眼睛。

「那麼，為什麼是今天而不是別的日子？」

「因為萬物皆有時，屬於我們的時間，就是現在。」

這些話像謎語一樣，可是露珍娜覺得是真心的。她一再陷入無法解決的困境，情況已經變得讓人無法忍受，應該是要發生點什麼事才行了。

「嗯，」她若有所思地說：「今天真是很奇怪的一天。」

「您瞧，您自己也知道我來得正是時候。」伯特列夫的聲音如絲絨般柔軟。

露珍娜的心裡升起一種放鬆的感覺，混亂卻又覺得快樂。她覺得伯特列夫之所以就在今天出現，意謂著所有事情其實是注定好的，她可以放手休息，把自己交付給這個最高的力量。

「是啊，確實是，您來得正是時候。」她說。

「我知道。」

然而，有些事她還是無法明白：「可是為什麼？為什麼您要來找我？」

「因為我愛您。」

「愛」這個字被輕輕地說出來，不過整個房間突然被充滿了。

露珍娜壓低聲音說：「您愛我？」

「是的，我愛您。」

弗蘭提塞克和克里瑪都對她說過這個字，可是今天晚上，她第一次看見它真正的模樣，它來了，無需乞求，意想不到，而且赤裸裸地來了。這個字如奇蹟般進入房裡，根本無法解釋，可是對露珍娜來說，這似乎更加真實，因為最基本的事物存在人間是沒有解釋，也沒有動機的，這些事物從自身就可以獲得存在的理由。

「真的嗎？」她問道。平常嗓門太大的她，只發出喃喃的低語。

「是的，是真的。」

「可是我是一個平凡得不得了的女孩。」

「才不是。」

「我是。」

「您很美。」

「我不美。」

「您很溫柔。」

「我不溫柔。」她搖搖頭。

「您散發著甜美又善良的氣息。」

她搖著頭說：「不是，不是，我不是。」

「我知道您是什麼樣的人，我比您知道得更清楚。」

「您什麼都不知道。」

「不，我知道。」

伯特列夫的眼中流露的信心像一種奇妙的藥浴，露珍娜希望這浸潤她、愛撫她的目光可以持續到地久天長。

「是真的嗎？我真的是這樣嗎？」

「是的，我知道您是。」

事情美好得宛如暈眩：在伯特列夫的目光下，她感覺自己細緻、溫柔、純潔，她感覺自己像皇后一樣尊貴。她像是突然被填滿了蜂蜜和香氛植物，她覺得自己很可愛。（老天！她從來都不曾覺得自己這麼甜美可愛。）

她繼續反駁：

「可是您幾乎不認識我。」

「我認識您很久了。我已經注意您很久了，可是您甚至沒有感覺。我對您的一切熟記在心。」他說著，手指輕撫她的臉。「您的鼻子、您細緻的微笑、您的頭髮……」

接著，他開始解她衣服的扣子，她甚至沒有反抗，只是凝望他的雙眼，他的目光包圍著她，像水，柔滑的水。她坐在他的對面，赤裸的乳房挺立在他的目光下，渴望被看見，被歌頌。她整個身體轉向他的眼睛，猶如向日葵迎向太陽。

23

他們在雅庫的房間裡，奧嘉在說話，雅庫依舊不斷告訴自己還來得及。他可以回去卡爾·馬克思之家，如果她不在那裡，他可以去隔壁的公寓打擾一下伯特列夫，問他知不知道那個年輕女子怎麼了。

奧嘉喋喋不休，他則是繼續在心裡排演那個痛苦的場景——結結巴巴地向那位護士解釋，提出一些藉口，賠著不是，設法從她那裡拿到藥瓶。接著，突然間，他彷彿累了，受夠了糾纏他好幾小時的那些幻象，他覺得自己被一種強烈的冷漠攫住了。

這不僅是因為疲憊而生的冷漠，這是一種刻意而且有戰鬥意志的冷漠。雅庫想清楚了，這個金髮女人的死活對他來說，根本毫無差別，他之所以試圖挽救她的生命，其實是偽善，是一齣可恥的喜劇。他之所以這麼做，只是為了欺騙將他放進試煉裡的那位。因為將他放進試煉裡的那位（不存在的上帝）想要認識的是雅庫真實的樣子，不是他裝出來的樣子。雅庫下定決心，要誠實面對試煉他的那位；他要表現出他真實的樣子。

他們面對面坐在兩張扶手椅上，中間有一張小桌子。雅庫看到奧嘉的身體在這張小桌上方俯下，挨到他的身上，他聽見她的聲音說：「我想要吻你。我們怎麼會認識這麼久了，都從來沒有親吻過？」

24

卡蜜拉跟在丈夫後頭，溜進樂手專用的休息室，她的臉上帶著一絲刻意的微笑，心底是滿滿的焦慮不安。她害怕發現克里瑪的情婦真實的長相。可是那裡根本沒有情婦。那裡有幾個女孩子很興奮地向克里瑪索討簽名，卡蜜拉看得出來（她有一雙鷹眼），裡頭沒有一個是克里瑪認識的。

不過她很確定，情婦就在這裡的某處，她是從克里瑪蒼白又心神不寧的臉上看出來的。他對妻子露出的微笑，就跟妻子對他的微笑一樣虛假。

斯克雷塔醫生、藥劑師和其他人（看來是幾位醫生和他們的妻子）向卡蜜拉鞠躬，做了自我介紹。有人提議去鎮上唯一的酒吧坐一下，克里瑪以疲倦為由推辭了。卡蜜拉心想，情婦應該是在酒吧等他，所以他才不願意過去。由於悲慘的命運如磁石般吸引著卡蜜拉，她於是拜託克里瑪讓她開心，克服倦意一起去酒吧。

可是那裡也一樣，她找不到可以懷疑的對象，那裡沒有一個女人像是跟克里瑪有私情。大家挑了一張大桌坐下，斯克雷塔醫生的話特別多，不停地讚美小喇叭手，藥劑師滿心靦腆又歡喜，不知如何表達。卡蜜拉則是想表現出迷人又開心健談的樣子：「醫師，您真是太棒了。」她對斯克雷塔說。「您也是，親愛的藥劑師。音樂會的氣氛很真誠、愉快、無憂無慮，比首都的音樂會好上一千倍。」

她沒有直盯著克里瑪看，可是她沒有一秒不在觀察他，她覺得他在全力掩飾他的焦慮，他時不時說個一兩句話，也只是為了不讓人看出他的心思不在這裡。很明顯的，她壞了他的好事，而且不是普通的小事。如果只是一樁尋常的風流韻事（克里瑪總是向她發重誓，說他永遠不會愛上別的女人），他不會陷入這麼深的沮喪裡。確實，卡蜜拉沒有看到情婦，可是她相信她看見了愛情；愛情寫在她丈夫的臉上（一份讓人受苦，讓人絕望的愛），而此情此景又讓她更痛苦了。

「您怎麼了，克里瑪先生？」藥劑師突然問道。他的沉默寡言讓他更顯親切也更具觀察力。

「沒有，我沒事！」克里瑪的心裡襲上一陣恐懼。「我有點頭痛。」

「要不要吃個藥？」藥劑師問道。

「不用，不用。」小喇叭手搖搖頭說：「不過我要請大家見諒，我們得先告退了，我實在太累了。」

25

她究竟是怎麼鼓起勇氣的？

從她在啤酒館跟雅庫碰面開始，她就覺得他跟平常不一樣。他很安靜，但是又很親切，他沒辦法專心，可是又很聽話，他的思緒在別處，可是她說什麼他就做什麼。這種注意力的欠缺（她歸咎於他即將到來的離別）讓她覺得很愜意，因為她對著一張心不在焉的臉說話，像是對著遠方，沒有人聽得到她在說什麼，所以她可以說出她從來不曾對他說過的話。

現在她對他說出她想要吻他，她覺得似乎打擾了他，令他心煩，可是她一點也沒有想要打退堂鼓。相反的，這讓她很高興，因為她覺得自己終於成為一個大膽挑逗的女人了，這是她一直以來的心願——成為可以主宰情勢，發動情勢的女人，可以好奇地觀察自己的伴侶，讓對方陷入窘境。

她繼續以堅定的目光看著他的眼睛，同時帶著微笑說：「可是不要在這裡，我們兩個挨在桌子上接吻實在太可笑了，來。」

她向他伸出手，帶他往長沙發走去。她慢慢品味著自己的行為之中的細緻、優雅和寧靜無聲的主權。接著，她吻了他，她帶著前所未有的激情付諸行動。可是，這不是因為身體無法自制的那種自發式的激情，而是大腦的激情，是一種有意識的、經過思考的激情。她想要剝除雅庫扮演父親角色的偽裝，她想要引誘他犯罪，用他的慌亂激發她的興奮，她想要強暴他，並且觀看自己正在強暴他的畫面，她想要知道他舌頭的味道，她想要感受他的父親之手逐漸放膽妄為的愛撫，覆遍她全身。

26

整場音樂會下來，他的眼睛都盯著他看，然後又混在索取簽名的樂迷當中，一起湧向後臺。可是露珍娜不在那裡。他尾隨著簇擁小喇叭手往酒吧走去的一小群人，他以為露珍娜已經在酒吧裡等候小喇叭手，於是跟他們一起走了進去。他錯了。他走出來，在門口監視了很久。

突然間，他感覺一陣痛苦刺穿了他。小喇叭手從酒吧走出來了，有個女性的身形依偎著他。他以為是露珍娜，結果不是。

他跟著他們一直走到瑞奇蒙旅館。他看到克里瑪和陌生女子走了進去。

他快速穿過公園，跑到卡爾・馬克思之家。門還開著。他問門房露珍娜在不在。她不在。

他又往瑞奇蒙旅館跑去，擔心在這期間露珍娜已經去找克里瑪了。

他在公園的林蔭道上來來去去，眼睛盯著旅館的入口。他完全不明白到底發生了什麼事。他的腦中出現好幾種假設，但這些假設都不重要，重要的是他在這裡而

且在監視，他知道他會一直監視，直到看見他們。

為什麼？這麼做有用嗎？回家睡覺不是比較好嗎？

他反覆告訴自己，他終究要搞清楚所有的真相。

可他真的想知道真相嗎？他真的那麼希望確定露珍娜和克里瑪上床嗎？他想等的難道不是可以證明露珍娜清白的證據嗎？然而，多疑的他會相信這證據嗎？

他不知道他為什麼要等。他只知道他可以等很久，如果有需要，他可以等上一整夜，甚至好幾夜。因為時光只要受到嫉妒驅使，流逝的速度是不可思議的。相較於我們熱愛的心智工作，嫉妒對人心的占據更為徹底，心靈再也沒有一秒鐘的空閒。遭受嫉妒折磨的人根本不知無聊為何物。

弗蘭提塞克在一小段林蔭道上踱著步，那裡距離瑞奇蒙旅館約莫一百公尺，看得到旅館的入口。他會這樣走來走去，走上一整夜，直到所有人都入睡，他會這樣走來走去，直到天明。

可是他為什麼不坐下？瑞奇蒙旅館的對面就有幾張長椅呀！

他沒辦法坐下。嫉妒就像某種極為劇烈的牙疼，嫉妒的時候我們什麼事也做不了，連坐下也沒辦法。我們只能走來走去，從一個點走到另一個點。

27

他們兩人跟伯特列夫和露珍娜，還有雅庫和奧嘉，走的是同一條路；上樓梯到二樓，樓面上鋪著厚實的紅地毯，一路延伸到走廊盡頭就是伯特列夫的公寓大門，右邊是雅庫的房間，左邊是斯克雷塔借給克里瑪住的房間。

他打開房門把燈點亮，發現卡蜜拉宛如刑警的目光匆匆掃過整個房間。他知道她在尋找某個女人留下的痕跡。他認得這種目光，他太瞭解她了。他知道她的和顏悅色並非出自真心。他知道她來這裡是為了跟監他，他知道她會裝作是為了讓他開心。他也知道她一眼就看出他的困窘不安，他知道她很確定她毀了他的性愛冒險。

「親愛的，我來這裡真的沒打擾到你嗎？」她問道。

克里瑪說：「怎麼可能打擾到我？」

「我怕你在這裡會憂鬱。」

「是啊，你不在身邊我就會憂鬱。看到你在臺下拍手我好高興。」

「你看起來好累。還是你不開心？」

「沒有，沒有，我沒有不開心，我只是累了。」

「你很悲傷，因為你們在這裡，整群都是男人。可是現在你跟一個美麗的女人在一起了。我不是美麗的女人嗎？」

「是啊，你是美麗的女人。」克里瑪說。這是他今天對她說的第一句真心話。卡蜜拉的美是天神下凡的那種美，想到這個美麗的女人承受著致命的危險，克里瑪的心裡感受到無比的痛苦。可是這個美麗的女人卻對他微笑，而且開始在他的眼前寬衣解帶。他看著她的身體裸露出來，像在對他道別。乳房，她美麗的乳房，純潔又貞潔，細瘦的腰，肚腹，底褲剛從那裡褪下。他滿懷鄉愁，望著這具身體，彷彿那是一段回憶。彷彿透過一片窗玻璃。彷彿遙望遠方。她的裸體如此遙遠，他感受不到一絲興奮。可是，他貪婪地凝望這裸體。他吞飲這裸露，一如死刑犯在送往刑場之前喝下最後一杯酒。他吞飲這裸露，一如吞飲失落的過去和失落的人生。

卡蜜拉靠到他身邊說：「怎麼了？你不脫衣服嗎？」

他也只能脫衣服了，而他悲傷極了。

「我都來這裡找你了，你別以為你現在可以說你累了。我要你。」

他知道這不是真的。他知道卡蜜拉沒有一絲做愛的慾望，她故意做出這種挑逗的行為，只是因為她看到他的悲傷，而且將之歸因於他對另一個女人的愛。他知道（老天，他實在太瞭解她了！）她要透過這場性愛的挑戰將他放進試煉裡，看他的心神被另一個女人纏耗到什麼程度，他知道，她想用他的悲傷去傷害她自己。

「我真的累了。」他說。

她抱住他，把他帶到床上。她說：「你等一下就知道我會怎麼讓你忘記，你的累！」她開始玩弄他赤裸的身體。

他躺在那裡，像躺在手術臺上。他知道妻子的一切嘗試終將歸於徒然。他的身體縮了起來，向著內裡，已經沒有一丁點膨脹的能力了。卡蜜拉濕潤的雙唇吻遍他全身，他知道她想要讓自己受苦，也讓他受苦，所以他厭惡她。他以他全部的愛的強度厭惡著她。就是因為她，因為她一個人，因為她的嫉妒、猜疑、不信任，就是因為她，因為她一個人，因為她今天的到來，把一切都毀了，就是因為她，他們的婚姻才會被埋下炸藥——這炸藥埋在另一個女人的肚子裡，將在七個月後爆炸，掃除一切。就是因為她，因為她一個人，為了他們的愛情，她像個瘋子不停地顫抖，摧毀了一切。

她的嘴停留在他的下腹，他感覺自己的性器在愛撫之下縮了起來，縮回內裡，當著她的面逃走，變得越來越小，越來越焦慮。他知道卡蜜拉正在拿他對她身體的拒絕來衡量他對另一個女人的愛。他知道她讓她自己痛苦不堪，而她越是痛苦，她就會讓他更痛苦，她會更執拗地用濕潤的雙唇碰觸他癱軟無力的身體。

28

他從來沒有動過一絲要跟這個女孩上床的念頭。他很想讓她開心，他渴望用他的善意填滿她，可是這善意跟性慾沒有任何共通之處。而且，這善意將性慾徹底排除在外，因為這善意想要維持自身的純潔，無私，跟所有的歡愉切割。

可是他現在能怎麼做？為了不玷污他的善意而把奧嘉推開？這是不可能的。他的拒絕會讓奧嘉受傷，而且會留下長久的傷痕。他知道善意的苦酒是怎麼回事，他得連酒渣也一起喝下去。

她突然全裸出現在他眼前，他告訴自己，她的臉龐高貴而甜美，可這甜美的慰藉實在微不足道，他看見這臉和那宛若細長花梗的身軀連為一體，細梗頂端的巨型花朵大得不成比例，是一朵留著長髮的花。

可是不管美或不美，雅庫知道自己已經無路可逃了。而且，他感覺他的身體（這奴性的身體）已經完全準備好要再次舉起樂善好施的長矛了。可是，他的興奮似乎發生在另一個人的身上，發生在他的靈魂之外，他興奮，但他彷彿置身事外，而且偷偷鄙視這種興奮。他的靈魂遠離身體，他滿腦子想的都是陌生女子放在手提袋裡的毒藥，靈魂頂多就是懊悔地看著身體，看它盲目無心地追逐徒勞的樂趣。

他的腦子突然閃過一件往事——十歲的時候，他知道了小孩是怎麼來到人世，從此，這念頭在他腦海裡糾纏不去，其後幾年，他發現了更多女性生殖器官的具體細節，而他知道越多，這念頭就越是揮之不去。從此，他經常想像他自己的誕生；他想像他微小的身體從狹窄潮濕的隧道滑過，他想像他滿鼻子滿嘴都是那塗滿他全身，在他身上留下印記的奇怪黏液。是的，女性的黏液在他身上留下了印記，為的是一輩子對他施展黏液神祕的力量，為的是隨時可以把他召喚到黏液旁邊，指揮他身體的那些奇奇怪怪的零件。他從來就厭惡這一切，他一直在反抗這種奴役關係，至少，他拒絕將靈魂交給女人，他保護自己的自由和孤獨，他把黏液的力量縮限在人生中的某些特定時間裡。是的，他對奧嘉有這麼深的感情，或許就是因為對他來說，奧嘉整個人都在性的邊界之外，他很確定，奧嘉絕對不會藉由她的身體，讓他想起自己來到這個世界的那種可恥的方式。

他奮力將這些念頭揮散，因為長沙發上的情況快速進展，他馬上就要進入她的身體了，他不想帶著厭惡的念頭做這件事。他告訴自己，這個對他敞開自己的女人是這輩子唯一和他有著純潔、無私情感的女人，他現在跟她做愛只是為了讓她快樂，讓她喜悅，讓她對自己有信心，讓她開心。

他自己也很驚訝，他在她的身上動著，彷彿在善意的浪潮上搖晃。他覺得快樂，他覺得舒暢。他的靈魂謙卑地認同著身體的活動，彷彿性愛的動作只是以肉體表達著某種善心的溫柔、某種對鄰人的純潔情感。沒有障礙，沒有一個走調的音符。他們緊緊相擁，他們的氣息相融。

就這麼過了美麗又漫長的幾分鐘，奧嘉在他耳邊輕聲說了一個猥褻的字眼。她對他說了第一次，然後是第二次，然後又再一次，連她自己都為這字眼興奮了。

善意的海浪一下子退潮了，雅庫和年輕女子出現在沙漠裡。

不，一般而言，做愛的時候，他並不反對說些猥褻的字眼。這些字眼會喚起他的肉慾和兇殘，會讓他的靈魂覺得女人變得怪異而怡人，會讓他的肉體覺得女人變得性感而怡人。

可這猥褻的字眼從奧嘉的嘴裡說出來，粗暴地毀滅了一切，讓整個甜美的幻覺一下子化為烏有。他從夢裡醒來。善意的雲層消散，他猝然望見奧嘉在他懷裡，一如他片刻之前所見——她的頭是一大朵花，底下是細瘦的身體花梗在顫動。這個惹人愛憐的女孩做出妓女的撩人姿態，可是又繼續不停地惹人愛憐，這讓猥褻的字眼帶上某種滑稽又悲傷的意味。

可是雅庫知道，他不能流露任何反應，他必須克制自己，他得一飲再飲，繼續喝完這杯苦酒，因為這荒謬的擁抱是他唯一可施的善行，是他唯一的得救之道（他時時刻刻都惦記著放在另一個人袋子裡的毒藥）。這是他唯一的救贖。

29

伯特列夫的豪華大公寓像顆大珍珠，夾在兩片沒那麼豪華的貝殼中間——一邊是雅庫的房間，一邊是克里瑪的房間。左鄰和右舍一片寂靜，很久都沒有聲音了，露珍娜則是在伯特列夫的懷裡，發出她最後滿足的嘆息。

接著，她平靜地躺在他身邊，他輕輕愛撫她的臉。過了一會兒，她開始啜泣。

她哭了好久，把頭埋在伯特列夫的胸口。

伯特列夫輕輕愛撫她，彷彿她是個小女孩，而她也真的覺得自己好小。她從來就沒有這麼小（她從來沒有像這樣把自己藏在什麼人的胸口），可是也從來沒有這麼大（她從來沒有經歷過像今天這麼多的快感）。她的淚水伴隨抽泣的動作，把她帶往幸福的感覺裡，她至今不曾感受過如此的歡愉。

這個時候，克里瑪在哪裡？弗蘭提塞克在哪裡？他們在某處，在遠方的迷霧之中，他們的身影在地平線上漸行漸遠，輕飄飄的像一片片羽毛。而露珍娜的執念又在哪裡？她不是一直想要占有某人，甩掉另一人嗎？她從早上開始，將自己關閉在那些情緒裡，她暴起暴落的憤怒現在怎麼了？她受盡屈辱的沉默現在怎麼了？

她躺著，啜泣著，而他輕輕愛撫她的臉。他告訴她，睡吧，他要去他自己的臥室，在隔壁。露珍娜睜開眼睛望著他。伯特列夫光著身子，走進浴室（裡頭傳來水流的聲音），然後走回來，打開衣櫥，拿出一條毯子，輕巧地攤在露珍娜的身上。

露珍娜看見他小腿肚上曲張的血管，他傾身靠過來的時候，她發現他的鬢髮已經花白，而且稀疏，底下的頭皮隱約可見。是的，伯特列夫六十歲，或許六十五歲了，可是對露珍娜來說，這不重要。相反的，伯特列夫的年紀讓她平靜下來，為她始終毫無表情的黯淡青春打上某種絢麗的光，她覺得充滿生命力，終於要上路了。現在，在他面前，她發現自己還會年輕很久，不需要著急。伯特列夫過來坐在她旁邊，輕撫著她，她覺得自己找到了避風港，不是在他手指的撫觸帶來的安慰之中，而是在他的年歲令人安心的擁抱裡。

接著，她失去意識，腦海裡出現即將入睡的朦朧幻象。她醒了，整個房間像是淹沒在一片詭異的藍光之中。這從未見過的奇特光芒究竟是什麼？是月亮裹著一層藍色薄紗西沉到這裡？還是露珍娜竟然睜著眼在做夢？

伯特列夫對她微笑，不停輕撫她的臉。

現在，她確確實實閉上了眼，讓夢境把自己帶走。

第五天

1

克里瑪睡得很淺，醒來的時候，天色還很黑。他想在露珍娜上班前先去找她，可是要怎麼跟卡蜜拉解釋，說他得在天亮前就出門去辦事？

他看了看錶，時間是早上五點，想找到露珍娜的話，得立刻起床，可是又想不出什麼好藉口。他的心跳越來越猛，可是還能怎麼辦！他起床，開始躡手躡腳地穿衣服，深怕把卡蜜拉吵醒。他扣上外套扣子的時候，聽見了她的聲音。那聲音又尖又細，半夢半醒：「你要去哪裡？」

他走到床邊，輕吻她的唇：「再睡一下，我很快就回來。」

「我陪你去。」卡蜜拉說著，可是立刻又睡著了。

克里瑪快步離去。

2

這有可能嗎？他一直在那裡走來走去？

是的。但他突然停下腳步。他瞥見克里瑪出現在瑞奇蒙旅館的入口。他趕緊躲起來，偷偷跟著他來到卡爾．馬克思之家。他經過門房前面（管理員還在睡覺），他在走廊的轉角停下來，露珍娜的房間就在那裡。他看見小喇叭手敲了露珍娜的門。沒人應門。克里瑪又敲了幾下，然後轉身離去。

弗蘭提塞克跟在他後頭跑出去，看見克里瑪走上通往溫泉中心的長街，他知道半小時後，露珍娜就要在那裡上班了。他又跑回卡爾．馬克思之家，對著露珍娜的房門掄了一陣，他壓低嗓子但聲音清晰，對著鑰匙孔說：「是我！弗蘭提塞克！你不必害怕！是我！你可以開門！」

沒有人來應門。

他往回走的時候，管理員剛醒來。

「露珍娜在家嗎？」弗蘭提塞克問道。

「她昨天沒有回來。」門房說。

弗蘭提塞克走到街上，遠遠看見克里瑪走進溫泉中心。

3

露珍娜平常都很規律在五點半醒來。這一天，經歷了如此美好的睡眠，她也沒有貪睡。她起床，穿好衣服，踮著腳尖走到隔壁房間。

伯特列夫側著身子睡，呼吸深沉，白天總是梳得服服貼貼的頭髮，現在蓬蓬亂亂，還看得到光裸的頭皮。睡覺的時候，他的臉看起來更灰暗、更蒼老。床頭櫃上擺著幾個小藥瓶，這讓露珍娜想起醫院。不過這一切都沒讓她分心，她看著伯特列夫，眼裡噙著淚水。她從來不曾經歷比昨夜更美好的夜晚。她感到一股奇怪的欲望，想在他的面前跪下。她沒有這麼做，只是傾下身來，輕輕吻了他的額頭。

到了外頭，快到溫泉中心的時候，她看見弗蘭提塞克迎面走來。

如果是前一天晚上，這樣的相遇會讓她心慌。雖然她愛的是小喇叭手，可是弗蘭提塞克對她也很重要。他跟克里瑪構成不可分割的二人組。一個是日常，一個是

夢；一個要她，一個不要她；一個是她想逃離的，一個是她渴望的。這兩個男人之間，任何一人的存在都決定著另一人的存在意義。當她決定自己懷的是克里瑪的小孩，她並未將弗蘭提塞克從她的生命之中抹去；相反的，將她推向這個決定的，是弗蘭提塞克。這兩個男人像是她生命的兩個極點；他們是她的星球的南極和北極，她只認識這個星球，其他什麼星球都不認識。

可是這天早上，她突然明白這不是唯一可以居住的星球，她明白就算沒有克里瑪，沒有弗蘭提塞克，她也可以活下去；她沒有任何理由要著急；她的時間還很多；她可以讓一個成熟有智慧的男人帶她遠離這個中魔的國度——這裡讓人老得好快。

「你昨天晚上在哪裡過夜？」弗蘭提塞克劈頭就問。

「關你什麼事！」

「我去過你家，你沒在房裡。」

「我在哪裡過夜不關你的事。」露珍娜說，她頭也不回地穿過溫泉中心的大門：「你不要再來找我了，我不准你這麼做。」

弗蘭提塞克愣在那裡，而由於他走了整夜，腿也痠了，於是找了一張長椅坐下，繼續監視著入口。

露珍娜衝上樓梯，跑進二樓的一間寬敞的等候室。牆邊有幾張長椅和單人椅是給病人坐的，克里瑪就坐在她工作部門的外面等她。

「露珍娜，」克里瑪站起來，眼神沮喪，望著她說：「我求求你，我求求你，拜託你講點道理！我會陪你一起去！」

他的焦慮赤裸裸的，不帶一句多愁善感的說詞，這幾天費盡心思鋪排的一切全都不見了。

露珍娜對他說：「你想要把我甩掉。」

他很害怕：「我沒想要把你甩掉，相反的，我做的一切，都是為了讓我們可以快快樂樂地在一起。」

「你少騙我。」露珍娜說。

「露珍娜，求求你！你不去的話，事情會不可收拾！」

「誰跟你說我不去了？還有三個小時，現在才六點而已。你可以放心回床上去找你太太！」

她把門甩上，穿上白袍，然後對她的中年同事說：「拜託你，我九點的時候得

出去一下，你可以幫我代一小時的班嗎？」

「所以，你還是被說服了。」中年同事語帶譴責地說。

「沒有。我戀愛了。」露珍娜說。

4

雅庫走到窗邊，把窗戶打開。他想到那粒淡藍色的藥片，無法相信自己昨天真的把藥片給了那個陌生女子。他望著一片天藍，呼吸秋日早晨的清涼空氣。他從窗口望去的世界正常，寧靜，自然。昨晚跟那位護士之間的插曲，一下子變得荒謬而不可置信。

他拿起電話聽筒，撥了溫泉中心的電話，請他們把電話轉給女性溫泉區的露珍娜。他等了很久，電話那頭才傳來一個女人的聲音。他說他想跟護士露珍娜說話，電話裡的聲音答說護士露珍娜現在在游泳池那邊，沒辦法過來接聽電話，他道了謝，把電話掛上。

他覺得鬆了一口氣，無比的放鬆：那位護士還活著。小藥瓶上頭寫著每日服用三次，她應該是前一天晚上吃了一粒，早上又吃了一粒，所以她早就把雅庫的藥片吞下去了。突然間，一切都再清楚不過了——他把淡藍色藥片帶在身上，當作他個人自由的擔保品，而這其實是一場騙局。他的好友給了他幻覺的藥片。

老天，為什麼在此之前，他從來沒有這麼想過？他再次回想多年前的那天，他向朋友們索求毒藥，當時他才剛出獄，而他經過這麼些年才明白，這些朋友在他的索求之中看到的或許只是戲劇性的姿態，想要引起大家注意，讓大家關心他曾經承受的苦難。可是斯克雷塔毫不猶豫，立刻答應了他的要求，幾天之後就帶了一粒閃閃發亮的淡藍色藥片給他。他有什麼好猶豫的？他何必試著勸他打消念頭？他的處理方式比那些拒絕雅庫的人圓融，他給了他一種無害的幻覺，讓他得到平靜和信心，他也因此和雅庫成為永遠的朋友。

是的，他為什麼從來沒有這麼想過？當時，他確實覺得有點奇怪，斯克雷塔給他的毒藥跟一般藥廠生產的藥片外觀無異。他知道斯克雷塔是生化專家，拿得到毒藥，但他不明白，他怎麼有辦法使用藥廠製造藥片的設備。可是他沒有提出他的疑問。儘管他對這整件事有所懷疑，但他還是相信他的藥片，一如我們相信福音。

現在，在這無比放鬆的時刻裡，他當然感謝他朋友的欺騙。他很高興那位護士還活著，這場荒謬的災難只是一個惡夢，一場夢魘。可是，人世間沒有什麼是長久的，放鬆的浪潮疲弱地湧現之後，揚起的是尖銳緊繃的懊悔之聲：

實在太荒唐了！他放在口袋裡的藥片不僅讓他踏出的每一步都流露著戲劇性的莊嚴，也讓他的人生成為崇高的神話！他始終相信自己把死亡裹在小紙片裡，帶在身上，沒想到這竟然只是斯克雷塔溫柔的笑聲。

雅庫知道，不管怎麼說，他的朋友是對的，可是他沒辦法不去想，他如此喜愛的斯克雷塔一下子變成一個普通的醫生，跟其他成千上萬的醫生沒有兩樣。他曾經毫不猶豫地給了雅庫毒藥，一副理所當然的氣派，這讓他徹底不同於雅庫認識的那些人。他的行為裡有某種奇特的東西，他的行事風格獨樹一幟，他完全不去考慮雅庫會不會在情緒失控或極度沮喪的情況下服用這毒藥，他把雅庫視為可以完全掌控自己，沒有人性弱點的一個人。他們對待彼此的方式，像是把對方當成被迫下凡來到人間的神祇。這當中最美好的就是這個，令人難以忘懷。而突然間，一切都結束了。

雅庫望著一片天藍，心裡想著：今天他帶給我放鬆和平靜，同時也從我這裡奪走了他；他讓我失去了我的斯克雷塔。

5

露珍娜的同意讓克里瑪陷入輕微的恍惚，可是不管有多大的獎勵作為誘餌，都沒辦法讓他離開這間等候室。昨晚露珍娜不明原因的失蹤已經在他記憶裡刻下印記，讓他驚恐不已。他決定在這裡耐心等候，不讓任何人勸退她，或把她帶走，或把她劫走。

泡溫泉的女人開始出現了，她們打開露珍娜走進去的那扇門，有的站在門口，有的走回來坐在靠牆的長椅上，所有人都用好奇的目光盯著克里瑪，因為她們不習慣在女性溫泉區的等候室看到男人。

後來，一位穿白袍的胖太太從門裡走出來，打量了他許久，接著走到他身邊，問他是不是在等露珍娜。他漲紅了臉，點點頭。

「不必在這等啦，九點以前您還可以去走一走。」她的語氣很粗魯，一副跟克里瑪相熟的樣子，克里瑪覺得等候室裡的每一個女人好像都聽到了，而且也知道是怎麼回事。

露珍娜再度出現的時間大約是八點四十五分，穿著便服。他緊緊跟在後頭，兩人靜靜走出溫泉中心。他們陷在各自的心緒裡，沒有人發現弗蘭提塞克躲在公園的樹叢後面，一路跟著他們。

6

除了要跟奧嘉和斯克雷塔道別，雅庫也沒別的事了，可是在此之前，他還想獨自去公園散步一下（最後一次），用懷舊的心情凝望那些宛如火焰的樹木。

他出門踏上走廊，一個年輕女子剛好關上對面的房門，高䠷的身影攫住他的目光。女子轉身的時候，他被她的美震懾了。

他對她說：「您是斯克雷塔醫師的朋友嗎？」

女人對他露出迷人的微笑：「您怎麼知道？」

「因為您從斯克雷塔醫師給朋友住的房間走出來呀。」雅庫說，順便介紹了自己。

「幸會。我是克里瑪太太。斯克雷塔醫師安排我先生住這裡。我在找他，我想他應該是跟斯克雷塔醫師在一起，您知道我在哪裡可以找到他們嗎？」

雅庫凝望年輕女子，心裡有一股無法遏止的愉悅，他想到（再一次！）這是他在這裡度過的最後一天，所以不管多小的事情都會帶上特殊的意義，然後變成一個象徵性的訊息。

可是這訊息對他有什麼意義？

「我可以陪您去斯克雷塔醫師那裡。」他說。

「太感謝您了。」她答道。

是的，這訊息對他有什麼意義？

首先，這只是一個訊息，沒別的。兩小時後，他就要離去，這美麗女子的一切，他什麼也留不下來。這女人對他來說，就像是個拒絕。他之所以遇見她，只是讓他知道，她不可能屬於他。他遇見的她，象徵的是他的離去會讓他失去的一切。

「這真是太特別了，」他說：「今天，應該是我這輩子最後一次跟斯克雷塔醫師說話了。」

可是這女人帶給他的訊息還告訴他另一件事。這訊息要在最後一刻向他宣告美的存在。是的，美，雅庫幾乎是驚恐地意識到，他對美一無所知，他一直對美視而不見，他也從來不曾為美而活。這女人的美令他著迷。他突然感覺到，他的一切算計從一開始就一直有個錯，他忘了把一個重要元素考慮進去。如果他認識這個女人，或許會做出不一樣的決定。

「為什麼這會是您和他最後一次說話呢？」

「我要出國了，而且是長期的。」

他不是不曾有過漂亮的女人，只是她們的魅力對他來說一直都是某種附帶的東西。把他推送到女人身邊的，是一種報復的欲望，是悲傷和不滿，或者是同情和憐憫。對他來說，女人的世界跟他在這個國家參與演出的這齣苦楚悲劇是混為一體的，他在這裡扮演過迫害者和被迫害者，他在這裡經歷過諸多戰鬥，卻不曾品味過田園詩般的生活。可是這女人突然出現在他面前，與這一切無涉，與他的人生無涉，她是從外面來的，她出現在他面前，不僅以美麗女人的樣貌出現，甚至她就是美的本身。她向他宣告，活在這裡，可以用其他方式，也可以為了其他目的。她向他宣告，比起正義和真理，美是更真實，更無庸置疑也更可及的，美是超越一切的，而在此刻，美對他來說卻是永遠失落的。這美麗的女人是來讓他看見，讓他不再相信自己已經知道一切，已經在這裡經歷過人生，已經窮盡一切可能性。

「我羨慕您。」她說。

他們一起穿越公園，天空是藍的，公園裡的矮樹是黃色和紅色，而雅庫的心裡又再次覺得樹葉展現了火的形象，燒掉他過去的所有冒險、所有回憶、所有機會。

「其實沒什麼好羨慕的。這一刻，我覺得我不該離開了。」

「為什麼？您在最後一刻開始喜歡這裡了嗎？」

「我喜歡的是您。我好喜歡您。您實在太美了。」

他不知道自己是怎麼說出這番話的，接著他又想，他什麼話都可以對她說，因為再過幾小時他就要離開了，他說的話不管對自己或對她，都不會衍生任何後續。這突然發現的自由令他陶醉。

「我的人生在盲目之中度過。在盲目之中。今天，我第一次明白美是存在的，而且我正從它旁邊經過。」

在雅庫心裡，這個美麗的女人已經跟音樂和繪畫融為一體，跟他從來不曾駐足的美的國度融為一體，跟他周圍色彩繽紛的樹木融為一體。他突然再也無法從那些繽紛的樹木上看出什麼訊息或什麼意義了（大火或焚化的意象），他看不見其他東西，只看得見被這女人的腳步，被這女人的聲音神祕地喚醒的美，美得讓人心醉神迷。

「我願意做任何事來贏得您的芳心。我願意放棄一切，我願意過完全不同的人生，只要是為了您，因為您，我都願意。可是我不能，因為此刻我已經不是真的在這裡了，我昨天就該走了，今天留在這裡的，只是我還沒離開的影子。」

啊！是啊！他剛剛明白了為什麼會遇見她。這次相遇發生在他生命的外面，在他命運隱藏的那一面，在他傳記的背面。可是也因為如此，他對她說話更為自由，直到有一刻，他突然覺得自己無論如何還是無法對她暢所欲言。

他輕觸她的手臂說：「斯克雷塔醫師的診所就在這裡，在二樓。」

克里瑪夫人悠悠望著他，雅庫的雙眼沉浸在她溫柔迷濛宛如遠方的目光之中。他又輕觸了一下她的手臂，然後轉身離去。

過了一會兒，他回過頭，看見她一直站在同樣的地方目送他遠離。他回頭好幾次；她一直望著他。

7

等候室裡坐著約莫二十個憂心忡忡的女人；露珍娜和克里瑪找不到位子坐。他們對面的牆上掛著幾幅海報，上頭的圖像和標語是在勸女人不要墮胎。

媽媽，你為什麼不要我？其中一張海報上看得到這幾個字，畫面上有個微笑的小孩坐在百衲被上；小孩底下用黑體字印了一首詩，說的是胚胎哀求媽媽不要去做刮除術，胚胎向媽媽承諾會用數不盡的喜悅回報她：你想在誰的懷裡死去，媽媽，如果你不讓我活下去？

其他的海報上，是微笑的母親握著嬰兒車把手的大型照片，還有正在尿尿的小男孩的照片。（克里瑪心想，用尿尿的小男孩來支持生小孩，這是個無法駁斥的論據。他想起有一次在電視新聞看到一個男孩正在尿尿，整個空間裡輕顫著女人幸福的嘆息。）

在等候室待了一分鐘，克里瑪去敲了門；一位護士走出來，克里瑪說了斯克雷塔醫生的名字。過沒多久，斯克雷塔醫生拿來一張申請書給克里瑪，請他填寫並且耐心等候。

克里瑪把申請書貼在牆上，開始填寫大大小小的表格——姓名、出生日期、出生地。露珍娜在他耳邊輕聲回答他。後來，寫到父親姓名這一格，他遲疑了，看到這個不名譽的稱謂白紙黑字印出來，還要把自己的名字寫上去，他覺得很可怕。

露珍娜看著克里瑪的手，發現他在發抖。這讓她很樂：「怎麼啦，寫呀！」她說。

「這裡要寫誰的名字？」克里瑪低聲說。

她覺得他懦弱又膽小，她開始看不起他了。他什麼都怕，怕負責任，怕在官方文件簽下自己的名字。

「夠了吧！我覺得你應該知道父親是誰。」

「我認為這並不重要。」克里瑪說。

她已經不在乎他了，可是她心裡確定的是，這個懦弱的傢伙對她來說是有罪的；她很樂於懲罰他：「如果你想說謊，我不知道我們有沒有辦法溝通下去。」

克里瑪在格子裡寫下名字，她補上一聲嘆息：「不管怎麼說，我還不知道我會怎麼做……」

「什麼？」

她望著他驚嚇的臉說：「直到做刮除術之前，我都還可以改變心意。」

8

她坐在一張扶手椅上，兩條腿蹺在桌上。她在翻看一本為了打發溫泉小鎮沉悶時光而買的偵探小說。可是她並不專心，因為前一天晚上發生的事和說過的話不斷回到她的腦海裡。昨晚的一切都讓她覺得開心，而且她也對自己很滿意，她終於成為一直想要變成的那樣——她不再是男性意圖的受害者了，這次是由她一手主導自己的情慾冒險。她徹底拒絕了雅庫讓她扮演的天真無邪的孤兒角色，相反的，她依隨自己的慾望重塑了這個角色。

她覺得自己優雅，獨立，大膽。她看著自己的雙腿蹺在桌上，套在一件白色的緊身牛仔褲裡。聽到有人敲門的時候，她愉快地大喊：「快來，我在等你呢！」

雅庫進了門，一臉苦惱。

「早安！」她的腿還在桌上擱了一會兒才放下。發現雅庫不知所措的模樣，她很高興。接著她靠到他身邊，輕輕吻了他的臉頰：「要坐一下嗎？」

「不了，」雅庫的聲音是悲傷的：「我這次是來跟你道別的，永遠的道別。我等一下就走了。我想我可以最後一次陪你，一起走去浴場。」

「好啊。」奧嘉愉快地說：「我們散步過去吧。」

9

雅庫滿腦子都是克里瑪夫人的美麗身影，他得克服某種憎惡感，才能來跟奧嘉道別。打從昨夜起，奧嘉在他靈魂留下的只有尷尬和污點，可是他無論如何都不能讓她看出來。他叮囑自己要非常謹慎，要拿捏言行的分寸，不可以讓她起疑，想到他們的遊嬉帶給他的快感和歡樂竟然這麼少；他要在她心裡留下最美好的回憶。他的表情凝重，聲調憂傷卻言不及義，他若有似無地拂過她的手，時不時又輕撫她的頭髮，當奧嘉凝望他的眼睛時，他刻意表現出憂傷的神情。

路上，她提議去喝一杯，可是雅庫想盡量縮短他們的最後一次相會，他覺得這樣實在太費神了。「道別實在太痛苦，我不想拖太久。」他說。

在溫泉中心的入口前，他握住她的雙手，望著她的眼睛良久。奧嘉說：「雅庫，你能來真的是太好了，昨天，我度過一個美好的夜晚。我很高興你終於放棄扮演爸爸的角色，成為雅庫了。昨天真的是太棒了。你說是不是太棒了？」

雅庫終於明白，他根本什麼都不明白。難道這個難搞的女孩只是把他們纏綿的夜晚當成單純的娛樂？難道她是被一股與情感完全無涉的肉慾推向他？一夜春情的回憶，在她心裡的分量，比永遠分離的悲傷還重？

他給了她一個吻。她祝他旅途愉快，然後消失在入口的大門後頭。

10

他在綜合醫院大樓前，來來回回走了將近兩小時，漸漸失去耐性。他一再提醒自己要冷靜，他反覆對自己說，不要惹事，可是他覺得他快要控制不住自己了。

他走進大樓。溫泉療養地的範圍不大，所有人都認得他。他問門房有沒有看見露珍娜進來，門房點點頭，說他看見她搭了電梯。由於電梯只停四樓，其他較低的樓層都得走樓梯，於是弗蘭提塞克把他的懷疑鎖定在四樓的兩條走道——一邊都是辦公室，另一邊的走道上有婦科部。他先走上第一條走道（那裡空無一人），接著他滿肚子不高興地走到另一邊，因為這條走道的入口寫著禁止男性進入。他一眼就看到先前見過的一位護士，於是問她露珍娜在哪裡。她指了走道盡頭的一扇門。門開著，幾個女人和幾個男人站在門口等著。弗蘭提塞克走進等候室，看見其他女人坐在那裡，可是沒看見露珍娜，小喇叭手也不在那裡。

「請問有沒有人看見一個年輕的女人，金髮的？」

一個女人指著辦公室的門說：「他們進去了。」

弗蘭提塞克抬眼望見那些海報：媽媽，你為什麼不要我？然後是其他的海報，他看見尿尿的小男孩和嬰兒的照片。他開始明白是怎麼回事了。

11

房間裡有一張長桌。克里瑪坐在露珍娜旁邊，斯克雷塔醫生大喇喇地坐在對面，兩側各坐著一位胖太太。

斯克雷塔醫生抬眼看了兩位申請者，然後厭惡地搖搖頭說：「看到你們我就不舒服。我們在這裡幫那些生不出小孩的不孕症婦女，讓她們可以懷孕，你們知道有多辛苦嗎？結果你們這些年輕人，身強體壯又健健康康，卻自願把生命送給我們的最珍貴的禮物打掉。我可是先把話說清楚了，這個委員會不是在這裡鼓勵墮胎，是要管制墮胎的。」

兩個女人嘰嘰咕咕地表示贊同，斯克雷塔醫生繼續對兩位申請者說教。克里瑪的心跳越來越快。雖然他猜得到斯克雷塔醫生不是說給他聽，是說給那兩位陪審委員聽的——她們可是用盡生小孩的力氣在仇視那些拒絕生小孩的年輕女人——但他害怕露珍娜會因為這番話而動搖。她剛剛不是才說了，她還不知道她會怎麼做嗎？

「你們的人生是為了什麼？」斯克雷塔醫生說了下去：「沒有孩子的人生，就像一棵樹少了樹葉。如果我有權力的話，在這裡，我可是會禁止墮胎的。想到每年人口都在減少，你們心裡不會不安嗎？而且在我們的國家，孩子和母親受到的保護比世界上其他國家都好！這裡，難道沒有人擔心國家的未來嗎？」

兩個女人再次嘰嘰咕咕地表示贊同，斯克雷塔醫生又繼續說：「這位同志是結了婚的，他沒有勇氣承擔不負責任的性關係所導致的一切後果。可是，這種事您早該想到的呀，同志！」

斯克雷塔醫生停頓了一下，又繼續對克里瑪說：「您沒有孩子，您真的不想離婚嗎？為了這個胎兒的未來！」

「這是不可能的。」克里瑪說。

「我知道。」斯克雷塔醫生嘆了一口氣：「我收到一份精神科醫師的評估報告，他提醒我，克里瑪夫人有自殺傾向。這個嬰兒的出生有可能會讓她的生命陷入危險，毀掉一個家庭，而護士露珍娜會成為一位未婚媽媽。我們還能怎麼做呢？」他說完又嘆了一口氣，然後把申請書推到兩個女人面前。現在換她們嘆氣了，她們在規定的格子裡簽了名。

「您下星期一早上八點來這裡動手術。」斯克雷塔醫生對露珍娜說，然後示意她可以離開了。

「可是您，請留在這裡！」其中一位胖太太對克里瑪說。露珍娜走了出去，胖太太才說：「人工流產不是您想像的那麼無害，手術會伴隨大量出血。因為您的不負責任，您害那位女同志失血，讓您捐點血也只是剛好而已。」她把一張表格推到克里瑪面前，對他說：「在這裡簽名。」

克里瑪一頭霧水，乖乖簽了名。

「這是加入捐血協會的申請表，您到隔壁去，護士會立刻幫您抽血。」

12

露珍娜低著頭走過等候室，直到弗蘭提塞克在走廊上對她說話，她才看到他。

「你剛才去了哪裡？」

他憤怒的表情讓她感到害怕，於是她加快腳步。

「我問你剛才去了哪裡。」

「不關你的事。」

「我知道你去了哪裡。」

「你知道就不要問我。」

他們走下樓梯，露珍娜衝了下去，她不想被弗蘭提塞克纏住，也不想聽他說話。

「是墮胎委員會。」弗蘭提塞克說。

露珍娜閉口不語。他們走出大樓。

「是墮胎委員會，我知道。你想叫他們幫你墮胎。」

「我愛怎樣就怎麼樣。」

「你不能愛怎樣就怎樣，這也是我的事。」

露珍娜加快腳步，幾乎跑了起來。弗蘭提塞克在後頭追她，追到浴場門口的時候，露珍娜說：「我不准你跟著我，我現在在工作，你沒有權利打擾我工作。」

弗蘭提塞克非常激動：「我不准你對我下命令！」

「你沒有權利！」

「沒有權利的人是你！」

露珍娜快步衝進溫泉中心，弗蘭提塞克跟在後頭。

13

雅庫很高興一切都結束了，他只剩一件事要做，就是去向斯克雷塔道別。他從浴場出來，慢慢穿過公園，一直走到卡爾・馬克思之家。

在公園的林蔭大道上，遠處迎面走來一位女老師，後面跟著約莫二十個幼稚園的小孩。女老師手上拿著一條長長的紅繩子，所有孩子都抓著繩子，一個接一個跟在後頭。孩子們慢慢走，女老師指著高高矮矮的樹，告訴他們各種樹名。雅庫停下腳步，因為他一直對植物毫無概念，總是記不得楓樹叫做楓樹，櫪樹叫做櫪樹。

女老師指著一棵長滿黃色枝葉的大樹說：「這是椴樹。」

雅庫看著這些孩子。他們都穿著藍色短大衣，戴著紅色貝雷帽，看起來像同一個家庭的哥哥和弟弟。他從正面看著他們，發現他們都很相像，不是因為衣服，而是因為長相。他注意到，當中有七個孩子的鼻子都很挺，嘴巴都很大，跟斯克雷塔醫生很像。

他想起森林客棧的那個小男孩也有個大鼻子。難道斯克雷塔醫生的優生學之夢，不只是天馬行空的幻想？這種事真的有可能嗎？在這個國家誕生的這幾個小孩，他們的父親竟然是偉大的斯克雷塔嗎？

雅庫覺得這念頭很可笑。這些小男孩看起來都很像，因為世界上所有的孩子看起來都很像。

不過，他還是忍不住這麼想：會不會斯克雷塔真的實現了他奇特的計畫？誰說怪異的計畫就不可能實現？

「那這棵呢？孩子們？這是什麼樹？」

「是樺樹！」有個小斯克雷塔搶著回答；是的，這完全就是斯克雷塔的長相；他不只有個大鼻子，還戴了一副小眼鏡，而且他說話的鼻音跟斯克雷塔醫生一樣，帶著某種動人的喜感。

「很好，歐德里希！」女老師說。

雅庫心想：十年、二十年後，在這個國家就會有幾千個斯克雷塔。再一次，他有一種奇怪的感覺，他在他的國家生活過，卻不知道這裡發生的事。他活過，他可以說是活在行動的核心。他經歷過大大小小的事件，他參與政治，差點為此送命，就算他遭到排擠的時候，政治依舊是他最關心的事。他始終相信自己是在這國家的胸腔裡，聽著心臟在搏動。可是誰知道他聽到的到底是什麼？是一顆心臟？還是一只報廢的舊鬧鐘，報著假造的時間？他經歷的一切政治鬥爭會不會只是一團鬼火，卻讓他無暇顧及真正重要的事。

女老師帶著孩子們走到公園的林蔭大道，雅庫覺得他還是滿腦子都是那個美麗女子的形象。這個美的記憶不斷將這問題帶回他的心裡：會不會他過去生活的世界根本完全不同於他的想像？會不會那天帶了一朵大理花給伯特列夫的那個小女孩，真的是一位天使？

他聽到女老師問道：「那這棵呢？這是什麼樹？」

戴眼鏡的小斯克雷塔回答：「是楓樹。」

14

露珍娜三步併作兩步衝上樓梯，拚了命也不回頭。她把婦女溫泉區的門用力甩上，快步走進更衣室。她裸身直接套上護士白袍，鬆了一口氣。跟弗蘭提塞克吵架讓她心慌，可是同時也讓她莫名地平靜。她覺得現在對她來說，他們兩人（弗蘭提塞克和克里瑪）都是又陌生又遙遠。

她走出更衣室，進了大廳，裡頭有幾個剛泡完溫泉的女人躺在床上。

中年護士坐在門口的小桌旁。「怎麼樣，申請通過了嗎？」她冷冷地問道。

「通過了。謝謝你。」露珍娜說，她遞了一副鑰匙和一條大毛巾給一個剛進門的女人。

中年護士走出去，門一打開，弗蘭提塞克就探頭進來。

「你說那不關我的事，事情不是這樣的。這件事跟我們兩個都有關。這也是我的事，我也有權利說話！」

「我拜託你，滾出去！」露珍娜回了嘴：「這裡是女性溫泉區，男人不可以進來！你立刻走，不然我叫人來帶你出去！」

弗蘭提塞克漲紅了臉，露珍娜說那些威脅的話讓他氣瘋了，結果他衝進門裡，用力把門甩上。「你叫人來帶我出去啊！我才不在乎呢！我一點都不在乎！」他大聲吼著。

「我叫你立刻就走！」露珍娜說。

「我已經看穿你們了，你們兩個！就是那傢伙！那個小喇叭手！這一切都是謊話，都是靠關係的！他跟醫生串通好，幫你把一切都安排好，因為他昨天還跟他一起開了一場音樂會！可是我，我看得一清二楚，如果有人要殺死我的小孩，我會出面阻止！我是孩子的父親，我有權利說話！我不准你殺死我的小孩！」

弗蘭提塞克大吼大叫，裹著毯子躺在床上的女人都好奇地抬起頭來。

這下，換成露珍娜慌了，因為弗蘭提塞克大聲吼叫，而她不知該如何平息這場爭吵。

「那不是你的孩子。」她說：「這些都是你自己幻想的。孩子不是你的。」

「什麼？」弗蘭提塞克大聲咆哮，衝到大廳裡，他要繞過那張小桌子，跑到露珍娜的身邊：「怎麼可能！那不是我的孩子！我是最知道情況的人！我知道那是我的，我知道！」

這時，一個剛從泳池上來，全身光溜溜、濕答答的女人走到露珍娜旁邊，要讓她用大毛巾把她裹起來，然後帶她去找一張床。她嚇了一跳，看見弗蘭提塞克在幾公尺外像瞎了眼似地盯著她。

對露珍娜來說，她得到片刻的歇息；她靠到那女人身邊，為她披上大毛巾，帶她去找了一張床。

「那傢伙在這裡做什麼？」女人一邊發問，一邊轉身看了弗蘭提塞克一眼。

「那傢伙是個瘋子！他已經失去理智了，我也不知道要怎麼把他趕出去。我已經不知道要怎麼辦了！」露珍娜一邊說，一邊幫那女人裹上一條熱毯子。

另一個躺著的女人對弗蘭提塞克大叫：「喂，先生！這裡沒您的事！請出去！」

「這裡就是有我的事！」弗蘭提塞克回了嘴，他很固執，連一公分也沒移動。

露珍娜走回他附近的時候，他的臉已經不再漲紅，而是蒼白的；他不再吼叫，而是用堅決的語氣低聲說：「我要告訴你一件事。如果你把孩子打掉，我也不會再活了。如果你殺了這個孩子，你的良心就要記上兩個死人。」

露珍娜深深嘆了一口氣，望著桌面。那裡放著她的手提袋，裡頭有她裝著淡藍色藥片的小罐子。她在手心裡倒出一粒，吞了下去。

弗蘭提塞克不吼不叫了，他用哀求的聲音說：「我拜託你，露珍娜。我拜託你，沒有你，我活不下去。我會去自殺。」

這時，露珍娜感到腹部一陣劇痛，弗蘭提塞克看到她的臉因為痛苦而扭曲變形，她的眼睛睜得很大，但是目光渙散，他已經不認得她的臉了，她的身體扭絞，蜷縮著，她兩手抱住肚子。接著，他看到她倒在地上。

15

奧嘉在游泳池裡走路，突然間，她聽到……她到底聽到了什麼？她其實不知道自己聽到了什麼。大廳裡亂成一團。她旁邊的女人都離開游泳池了，她們看著隔壁，那個房間似乎把附近的一切都吸了進去。奧嘉也被這股無法抵擋的吸力拖過去，氣流裡充滿焦躁的好奇心，她的腦子一片空白，跟著其他人一起走了。

在隔壁房間，她看見一群女人擠在門口，她看見她們的背影，光溜溜，濕答答，屁股大大的，大家都朝地上傾著身子。呆立在他們前面的，是一個年輕男子。陸續又有一些女人也擠了進來，奧嘉在人群裡開出一條路，她看見護士露珍娜躺在地上，動也不動。年輕男子跪下來，開始大叫：「是我殺了她！是我殺了她！我是殺人兇手！」

女人們濕漉漉的，其中一個趴在露珍娜橫臥的身體上方，要測她的脈搏。可是這動作毫無意義，因為死亡就在眼前，沒人懷疑。女人們光溜溜、濕答答的身體你推我擠，急著要湊過去在近距離探看死亡，看看死亡在一張熟悉的臉孔上是怎麼回事。

弗蘭提塞克依舊跪在那裡。他緊緊抱著露珍娜，不斷親吻她的臉。

女人們威風地圍住他，他抬眼望著她們，反覆地說：「是我殺了她！是我！把我抓起來！」

「我們得想想辦法！」其中一個女人說，另一個女人跑到走道上開始叫人來幫忙。過了一會兒，露珍娜的兩個同事跑來了，後頭跟著一個穿白袍的醫生。

這時奧嘉才發現自己光著身子，她在一個男人（一個不認識的醫生）面前，擠在一群光溜溜的女人當中，這光景突然讓她覺得很可笑。可是她知道，這不會阻止她待在這，留在人群裡，觀看令她著迷的死亡。

醫生搭著露珍娜的手腕想找到脈搏，露珍娜依然躺臥，醫生徒勞無功，弗蘭提塞克不停重複著：「是我殺了她！叫警察來，把我抓起來！」

16

雅庫在卡爾．馬克思之家的診所找到他的朋友，他剛好從綜合醫院回來。雅庫先是對他前晚打鼓的演出做了一番讚美，然後為自己沒在音樂會結束後等他而致歉。

「這真的讓我很難過啊，」斯克雷塔醫生說：「這是你在這裡的最後一天了，天知道你晚上到哪去鬼混了。我們有那麼多事要聊，更糟的是，你八成是跟那個瘦巴巴的小女孩在一起。我發現感恩是一種很糟的感情。」

「感什麼恩？我有什麼好感激她的？」

「你寫信跟我說過，她父親為你做了很多事。」

這天，斯克雷塔醫生沒有門診，診間最裡面的婦科診療臺空在那裡。兩個朋友面對面坐在扶手椅上。

「其實沒有。」雅庫說：「我只是希望你能照顧她，我覺得比較簡單的方式，就是跟你說我欠她父親一份情。可是事情完全不是這樣。現在我要為這一切做個了結，我可以告訴你實情了。當年我被逮捕，是在她父親完全同意的情況下發生的，就是她父親把我送上了死亡之路。六個月後，他自己站上了死刑臺，而我，幸運地逃過一劫。」

「換句話說，她父親是個混蛋。」斯克雷塔醫生說。

雅庫聳聳肩說：「他相信我是革命的敵人。所有人都跟他這麼說，而他被說服了。」

「那你為什麼要跟我說他是你朋友？」

「我們曾經是朋友。只是對他來說，投下逮捕我的贊成票是更重要的。他藉此證明，他把理想看得比友誼更重。他宣告我背叛革命的時候，他的感覺是，他為了更崇高的東西，不談個人的利益，他經歷了人生中最偉大的行動。」

「這是你愛這個醜女孩的理由嗎？」

「她跟這件事沒有關係。她是無辜的。」

「跟她一樣無辜的有幾千人，你會在所有人當中選上她，就是因為她是她父親的女兒。」

雅庫聳聳肩，斯克雷塔醫生說了下去：「你跟他一樣變態。我相信你也把你對這女孩的友誼當成你人生最偉大的行動。你壓抑自然的仇恨和反感，好證明自己的寬宏大量。這很美，可是這同時也違反了自然，這根本是沒有用的。」

「事情不是這樣。」雅庫抗議：「我沒有壓抑自己什麼，我也沒有想要證明自己寬宏大量，我只是同情她而已。從我第一次看到她開始。他們把她趕出她家的時候，她還是個孩子，她跟母親一起住到山裡的一個村子，村裡沒有人敢跟她們說話。她是個有天分的女孩，可是有很長的一段時間，政府都不允許她入學。這實在很下流，就因為這些孩子的爸媽而去迫害他們。你會希望我也因為她的父親而討厭她嗎？我同情她。我同情她是因為她的父親被處決了，我同情她是因為她的父親曾經送一個朋友走上死亡之路。」

這時，電話鈴響了，斯克雷塔拿起話筒聽了一會兒，臉色變得陰沉：「我這裡現在有工作，真的需要我過去嗎？」片刻靜默之後，斯克雷塔說：「好，沒問題，我馬上過來。」他掛上電話，發出咒罵。

「你有事的話就別管我了，反正我無論如何也該走了。」雅庫說著，一邊從單人沙發上起身。

「不行，你不能走！我們什麼都還沒聊呢。我們今天不是有件事要談嗎？結果我在想的都被他們打斷了。是一件很重要的事，我整個早上都在想這件事。你記得是什麼事嗎？」

「不記得。」雅庫說。

「老天，我現在得趕去溫泉中心了……」

「我們這樣分手比較好。說話說到一半。」雅庫說，然後握了他朋友的手。

17

露珍娜失去生命的身體躺在平時夜班醫生休息的小房間。好幾個人忙進忙出，刑事科的警官也已經來了，偵訊弗蘭提塞克，錄了口供，弗蘭提塞克又表達了一次對於被逮捕的渴望。

「那粒藥片是您給她的嗎？是或不是？」警官說。

「不是！」

「那請不要說是您殺了她。」

「她總是跟我說她要去自殺。」弗蘭提塞克說。

「她為什麼會跟您說要去自殺？」

「她說如果我繼續搞砸她的生活，她就要去自殺，她說她不想要孩子，她寧可自殺也不要孩子！」

斯克雷塔醫生走進小房間，向警官親切地打了招呼，然後走到死者旁邊；他翻起她的眼瞼，查看結膜的顏色。

「醫師，您是這位護士的上司嗎？」

「是的。」

「您認為她服用的有可能是貴單位平常可以取得的毒藥嗎？」

斯克雷塔再次轉身看了露珍娜的屍體，讓人為他說明和她死亡相關的細節，然後才說：「我不認為這是她在我們診療室裡可以拿到的藥物或物質，這應該是一種生物鹼，至於是哪一種，解剖報告會告訴我們。」

「可是她怎麼會有這種東西呢？」

「這就很難說了。」

「目前一切都是一團謎，」警官說：「動機也不清楚。這位年輕人剛才向我透露，死者懷了他的孩子，而死者想去墮胎。」

「是那個傢伙逼她去的。」弗蘭提塞克大叫。

「誰？」警官問道。

「小喇叭手。他想把她從我這裡搶走，而且逼她拿掉我的孩子！我跟蹤他們！他跟她一起去了委員會。」

「這我可以證實，」斯克雷塔醫生說：「我們今天早上確實審查了這位護士提出的申請案。」

「那位小喇叭手跟她在一起嗎？」警官問道。

「是的，」斯克雷塔說：「露珍娜在申請書上將他申報為孩子的父親。」

「那是騙人的！孩子是我的！」弗蘭提塞克大叫。

「沒有人懷疑這一點，」斯克雷塔醫生說：「可是露珍娜得申報一位已婚男性，這樣委員會才會批准人工流產的手術。」

「所以您知道那是騙人的！」弗蘭提塞克對斯克雷塔醫生大叫。

「依照法律，我們必須相信當事的女性申報的內容。既然露珍娜告訴我們她懷了克里瑪先生的孩子，而克里瑪先生也確認她的申報無誤，我們就無權提出反對意見。」

「可是您並不相信克里瑪先生是孩子的父親？」警官問道。

「是的。」

「您會這麼認為，有什麼根據嗎？」

「克里瑪先生一共來過這個溫泉小鎮兩次，停留的時間都很短，他跟我們的護士之間實在不太可能發生性關係。這個溫泉地是個小鎮，什麼事都會傳到我耳裡。說克里瑪先生是孩子的父親，很有可能是露珍娜說服了他，一起耍的小手段，好讓委員會批准墮胎。我們也看到了，站在這裡的這位先生當然不會同意進行墮胎。」

可是弗蘭提塞克已經聽不到斯克雷塔在說什麼了，他杵在那裡，什麼也看不見。他只聽見露珍娜說的話：「你會讓我走上那條路，你就是在逼我自殺……」他知道露珍娜的死是因為他，可是他不明白為什麼，他所見的一切都找不到解釋。他在那裡像個野蠻人面對奇蹟，他在那裡像是看到魔幻的畫面，他的理性無法想像這些迎面襲來、令人費解的事，於是他突然聾了，盲了。

（我可憐的弗蘭提塞克，你將遊蕩終生，而你什麼都不會明白，只知道你的愛殺了你所愛的女人，你帶著這份確信，宛如某種駭人的祕密印記，你會像痲瘋病人那樣遊蕩，將那些無從解釋的災難帶給所愛的人，你將遊蕩終生，像個傳送厄運的信差。）

他臉色慘白，像根鹽柱似的，動也不動地站在那裡，甚至沒看見另一個神情激動的男人剛剛走進了小房間；新來的這人走到死者旁邊，看著死者，輕撫死者的頭髮，久久不能自已。

斯克雷塔醫生低聲說：「自殺。毒藥。」

新來的這人用力搖著頭說：「自殺？我用我的腦袋向您保證，這個女人不是自殺的。她會吞下毒藥，只有可能是謀殺。」

警官驚訝地看著新來的這人。那是伯特列夫，他的眼裡燃著憤怒的火。

18

雅庫轉動鑰匙，開車上路。車子過了溫泉地的最後幾棟別墅，駛入一片遼闊的風景裡。車子駛向邊界，他不想匆匆離去。想到這是最後一次行經此處，眼前的風景在他心裡變得又珍貴又奇特。他覺得自己並不認識這片風景，一切似乎都跟他想像的不一樣，他懊悔不能在這裡停留更久。

可是他也告訴自己，不管如何推遲他的離去，無論是一天或數年，現在讓他痛苦的事都不會有任何改變；他也不會比今天更熟悉這片風景。他應該接受這樣的想法——他將在不認識這個地方，無法窮盡此地所有迷人之處的情況下離開，他將同時以債務人和債權人的身分離開這裡。

接著，他又想起那個年輕女子，他給了她虛構的毒藥，他把藥片放進她的小藥瓶裡，他心想，他的殺手生涯是他所有生涯當中歷時最短的。他曾經當過約莫十八小時的殺人兇手，他想著想著就笑了。

可是他自己立刻提出反駁：事情並非如此，他不只當了這麼短時間的殺人兇手，他其實一直是殺人兇手，而且直到死前都是。因為淡藍色藥片是不是毒藥並不重要，重要的是他相信了，而且在這樣的認知之下，他還把藥片給了這個陌生女子，而且也沒為了救她而付出任何努力。

然後他開始思考這一切，不帶任何壓力，只把自己的行為放在單純實驗的層次上來理解：

他的謀殺很怪異。這是一樁沒有動機的謀殺案。兇手犯案的目的不牽涉任何個人利益。所以這究竟有什麼意義？他謀殺的唯一意義，就是他清楚地知道，他是個殺人兇手。

謀殺作為實驗，作為認識自我的行為，這讓他想起了什麼；是的，就是《罪與罰》的主角拉斯科尼科夫。拉斯科尼科夫殺人是為了想要知道，高等人是不是可以殺死低等人，他想知道自己是不是承受得了這樁謀殺；透過這樁謀殺，他對自己提出質疑。

是的，這裡頭是有些什麼，會讓人想起拉斯科尼科夫，譬如：沒有實際效益的謀殺，以及謀殺的理論特質。不過兩者之間還是有些差別：拉斯科尼科夫想的是高等人是否可以為了自己而犧牲低等人的生命。雅庫將裝了毒藥的小藥瓶交給那位護士的時候，心裡根本沒想到這種問題。雅庫想的不是人可不可以犧牲他人的生命。相反的，雅庫一向都相信人沒有這種權利。在雅庫生活的世界裡，人們為了抽象的想法而犧牲別人的生命。這些人的臉，雅庫看得很清楚，這些臉時而蠻橫無辜，時而憂傷軟弱，這些臉明知判決的殘酷，卻還是帶著歉意，一絲不苟地對鄰人執行判決。這些人的臉，雅庫看得很清楚，他討厭這些臉。而且，雅庫知道每個人都希望某一個人死，只有兩件事可以讓大家不要犯謀殺罪：一是對於懲罰的恐懼，一是實際動手殺人的困難。雅庫知道，如果每個人都可以偷偷殺人，隔空殺人，人類會在幾分鐘之內消失。所以他只能下這樣的結論：拉斯科尼科夫的實驗是徹底的空談。

可是，雅庫為什麼要將毒藥交給那位護士？不就是單純的偶然嗎？其實，拉斯科尼科夫為他的罪行密謀、準備了很久，而雅庫是受到瞬間衝動的絕對支配而行動的。可是雅庫知道，他也在漫長的歲月裡，無意識地為了謀殺而做準備，他將毒藥交給露珍娜的那一瞬間只是一道裂縫，讓他過去的一生，讓他對人的所有厭惡，像一根撬桿深深插了進去。

拉斯科尼科夫用斧頭殺死放高利貸的老婦人時，他很清楚自己跨過了一道可怕的門檻；他違犯了神聖的律法；他知道就算老婦人十分卑劣，她終究是上帝創造的。拉斯科尼科夫感受到的這種害怕，雅庫不曾經歷過。對雅庫來說，人類不是神創造的。他喜歡靈魂的細緻和崇高，可是他相信這並不是人的特質。雅庫很清楚人是什麼，所以他不喜歡人。雅庫的靈魂是崇高的，所以他給人毒藥。

所以我是殺人兇手，因為我的靈魂是崇高的，他心想，他覺得這想法既可笑又悲哀。

拉斯科尼科夫殺了放高利貸的老婦人後，無力控制心中如狂風暴雨般襲來的罪咎。可是深信一個人沒有權利犧牲他人生命的雅庫，心裡卻沒有罪咎。

他試著想像那位護士真的死了，想看看自己會不會有罪惡感。沒有，他一點感覺都沒有。他開著車，心情十分平靜，越過這溫柔又笑意盈盈的地方，這片土地正在向他告別。

拉斯科尼科夫經歷自己的罪行如同一場悲劇，他最終是被自己行為的重量給壓垮的。雅庫則是對自己的行為感到驚訝，因為它那麼輕，幾乎沒有重量，沒有令他苦惱。他心想，這種輕，難道不是跟那位俄羅斯主角歇斯底里的感覺同樣可怕嗎？

車子緩緩前行，他不時為了看風景而中斷自己的思緒。他告訴自己，這整個關於藥片的插曲只是一場遊戲，一場沒有結局的遊戲，就像他一輩子在這個國家沒有留下任何痕跡、任何根柢、任何溝痕，現在他要走了，就像一陣微風、一顆氣泡從這裡離去。

19

少了四分之一公升的血，身體變輕了，克里瑪在等候室裡非常有耐心地等著斯克雷塔醫生，他不想不告而別，就這麼離開溫泉地，而且他也還沒拜託他多關照露珍娜一點。「直到做刮除術之前，我都還可以改變心意。」他的耳邊又響起露珍娜說過的話，這句話讓他害怕，他怕自己離開之後，露珍娜脫離了他的影響，會在最後一刻回到她最初的決定。

斯克雷塔醫生終於出現了。克里瑪連忙迎上去，向他道別，也感謝他美妙的擊鼓演出。

「那是一場很棒的音樂會，」斯克雷塔醫生說：「您演奏得太精彩了。希望我們可以有機會再合作！我們得想想，要怎麼去其他溫泉小鎮辦幾場像這樣的音樂會。」

「是啊，我很樂意，也很高興能跟您一起演奏！」小喇叭手熱切地說，然後又補上一句：「我還想請您幫個忙，想請您多關照一下露珍娜，我怕她會再鬧情緒，女人心真是難以預測啊。」

「她現在不會再鬧情緒了，您別擔心。」斯克雷塔醫生說：「露珍娜已經死了。」

克里瑪愣住了，於是斯克雷塔醫生解釋了事情的經過。接著他說：「是自殺，可是還是有些地方令人不解。可能有人會覺得奇怪，她竟然跟您去了委員會，卻在一小時之後結束自己的生命。不，不，不，您別擔心，」他握住克里瑪的手繼續說，因為他看見他的臉色發白了：「還好，露珍娜有個男朋友，是個年輕的電工，他相信孩子是他的。我就跟大家說，您跟這位護士之間沒有發生過任何事，她只是說服您假裝是孩子的父親，因為如果孩子的父母親都是單身的，委員會不可能批准墮胎。所以，萬一有人問您，您可別承認。您已經快崩潰了，我看得出來，真糟糕。您得冷靜下來，因為還有不少場音樂會等著我們呢。」

克里瑪說不出話來。他好幾次向斯克雷塔醫生鞠躬，好幾次握了他的手。卡蜜拉在旅館的房間裡等著他。克里瑪抱住她，一句話也沒說，只是吻了她的臉頰。他吻遍她的臉，然後跪下去吻她的連身裙，從上到下，一直吻到她的膝。

「你怎麼了？」

「沒事。我實在太幸福了，可以擁有你。我實在太幸福了，有你在這個世界上。」

他們把東西放進旅行袋，上了車。克里瑪說他累了，請卡蜜拉開車。

他們靜靜地開著車。克里瑪確確實實是累了，但他感受到無比的放鬆。想到有可能會被訊問，難免還是有一點擔心。到時，卡蜜拉可能多少會聽到一點風聲。可是他心裡反覆想著斯克雷塔醫生對他說的話。如果有人問起這件事，他要扮無辜（在這國家，這是相當普遍的事），扮演一個高尚的男人，為了助人而假裝成孩子的父親。沒有人會怪他，就連卡蜜拉也不會，即使她碰巧得知了這件事。

他看著她。她的美像一股令人頭暈的香氣填滿車子狹窄的空間。他心想，他這輩子只想呼吸這香氣了。隨後，他彷彿聽到遠方傳來他小喇叭的甜美樂音，他下定決心，這輩子只為取悅這個女人演奏這段音樂了，這個獨一無二，世上最珍貴的女人。

20

每一次握住方向盤，她就覺得自己更強大也更獨立。可是這一次，給她信心的不只是方向盤，還有在瑞奇蒙旅館碰到的陌生人所說的話。她忘不了這些話。她也忘不了他的臉，十足的男子氣概，比她丈夫光滑的臉陽剛多了。卡蜜拉心想，她還從沒認識過一個真正稱得上男子漢的男人呢。

她用眼角的餘光望著小喇叭手，他疲憊的臉不論何時都咧著讓人無法理解的微笑，他的手則是滿懷愛意輕撫著她的肩膀。

這種過度的溫柔討不了她的歡心，打動不了她。因為這溫柔有令人費解之處，這溫柔只是再次證實了小喇叭手有他的祕密，有他自己的生活，不讓她知道，她也不得其門而入。可是現在，這個觀察傷不了她，只讓她覺得不在乎。

那男人說了什麼？說他要永遠離開了。一股悠長又甜蜜的懷念揪著她的心。她懷念的不只是這個男人，還有失去的機會。不只是懷念失去的這個機會，更是懷念這樣的機會。她懷念她曾經逃避，曾經放過的所有機會，甚至懷念她從來不曾擁有的機會。

那男人對她說，他一輩子活得像個盲人，他甚至沒想過美是存在的。她了解他，因為她也是如此。她也是活在盲目之中，只看得見唯一的一個人，被嫉妒這個暴烈的燈塔照亮。如果這座燈塔突然熄滅，會發生什麼事？在散射的陽光下，其他成千上萬的人會湧現，而她至今奉為世上唯一的那個男人，將成為滄海中的一粟。

她握住方向盤，覺得充滿自信，而且美麗。她又想了下去：把她鍊在克里瑪身上的，真的是愛？還是只是對於失去他的恐懼？就算這種恐懼最初是屬於愛的一種焦慮不安的形式，可是隨著時光流逝，愛情（累了，也耗盡了）難道不會從這形式之中溜走？會不會最後只剩下這種恐懼，沒有愛的恐懼？而她如果連這種恐懼也失去了，還剩下什麼？

小喇叭手在她身旁，露出令人費解的微笑。

她轉頭看了他一眼，她告訴自己，如果她不再嫉妒，那就什麼都不剩了。她開得很快，心裡想著前方某處，在人生的道路上，畫著一條線，意謂著她和小喇叭手的分手。這是第一次，這念頭沒有引發她心裡的焦慮，也沒引起恐懼。

21

奧嘉走進伯特列夫的公寓，說了抱歉：「請原諒我沒先說一聲，就這樣闖進來，可是我的情況實在沒辦法自己一個人。我真的沒有打擾到你們嗎？」

房裡有伯特列夫、斯克雷塔醫生和警官；開口回答奧嘉的是警官：「您沒有打擾到我們。我們只是在閒聊。」

「警官先生是我的老朋友。」斯克雷塔醫生向奧嘉解釋。

「請告訴我，她為什麼要這麼做？」奧嘉問道。

「她跟男朋友吵架，在爭吵的過程中，她不知在袋子裡找到什麼，吞了一顆毒藥。我們知道的也只有這些，我怕我們永遠也不會知道更多了。」警官回答。

「警官先生，」伯特列夫用強而有力的聲音說：「我請您務必注意我在供詞裡頭說的，我跟露珍娜在這裡，就在這個房間裡，度過她生命的最後一夜。最重要的部分或許我說得不夠清楚，那是非常美好的一夜，而且露珍娜非常快樂。這女孩很低調，她只要拋開身邊那些無動於衷又死氣沉沉的人給她戴上的枷鎖，就會成為一

個光芒四射的人，滿滿的愛和溫情，還有崇高的心靈，你們無法想像她會成為這樣的女人。我可以保證，在我們一起度過的這個夜裡，我為她打開了通往另一種人生的大門，也就是從昨天開始，她開始有了想要活下去的欲望。可是隨即有人跑出來，攔住她的路……」伯特列夫說著，突然陷入沉思，然後低聲說了一句：「我只怕這是來自地獄的攻擊啊。」

「刑事警察可沒辦法處理這些來自地獄的力量。」警官說。

伯特列夫沒有回應他的嘲諷。「自殺的假設實在沒有任何意義，」他接著說：「我求求您，好好想一想！她怎麼可能自殺呢？就在她開始想要好好活下去的時候！我再重複一次，我不能接受她被控自殺。」

「親愛的先生，」警官說：「沒有人控告她自殺，因為自殺根本不是犯罪。自殺跟司法無關，我們不管這個。」

「是的，」伯特列夫說：「對您來說，自殺不是罪，因為對您而言，生命沒有價值。可是我，警官先生，我不知道還有什麼比這更大的罪。自殺比謀殺更糟。人可以為了復仇或貪婪而殺人，可是就算是貪婪，也是在對生命表達一種變態的愛。但是自殺，那是把生命當成一個可笑的小玩意，扔在上帝的腳下。自殺，是在造物者的臉上吐口水。我告訴您，我會盡一切努力，證明這個女孩子是無辜的。既然您說她是自己結束生命，那請您告訴我，這是為什麼？您發現她的動機了嗎？」

「自殺的動機一向都很神祕，」警官說：「而且，尋找動機不在我的權限範圍內，我謹守分際，請不要為此責怪我。我已經夠忙的了，實在沒什麼時間去想這些。這個案子當然還沒結案，不過我可以先告訴您，我不會去思考他殺的假設。」

「佩服。」伯特列夫用極為刻薄的語氣說：「很佩服您可以這麼迅速，一條人命就這麼一筆帶過。」

奧嘉瞥見警官漲紅了臉，只是忍著不發作。他沉默片刻，然後用一種過度友善的聲音說：「很好，那我接受您的假設，也就是說，這是一樁謀殺案。我們可以想想，事情是怎麼發生的。我們在死者的袋子裡找到一小罐鎮定劑，我們可以假設這位護士想要吃顆藥讓自己平靜下來，可是有人在這之前，在她的小藥瓶裡放了一粒外觀相同，但是有毒的藥片。」

「您認為露珍娜的毒藥是從她裝鎮定劑的瓶子裡拿到的？」斯克雷塔醫生問道。

「當然，露珍娜有可能事先已經把毒藥放在袋子裡的某個地方，而不是在藥瓶裡。如果是自殺的話，就會是這樣的情況。可是如果我們要考慮謀殺的假設，就得接受是有人把一粒毒藥放進藥罐，而這粒毒藥像到會跟露珍娜的鎮定劑搞混。這是唯一的可能。」

「請容我提出不同的看法。」斯克雷塔醫生說：「要拿生物鹼做成外觀正常的藥片沒那麼容易。得要有藥廠的門路，在這鎮上，根本沒有誰有辦法。」

「您的意思是，一般人不可能自己做出這樣的藥片？」

「不是不可能，而是實在太難了。」

「我只要知道這是可能的就夠了。」警官接著說：「現在我們要問的是，殺死這個女人對誰有好處？她並不富有，所以我們可以排除金錢方面的動機。我們也可以排除政治動機或間諜活動。所以剩下的就是個人因素了。嫌疑犯有誰？首先是露珍娜的情人，就在露珍娜死前，他們發生了激烈的爭吵。你們相信是他把毒藥給露珍娜的嗎？」

沒有人回應警官提出的問題，警官又繼續說下去：「我不認為。這個年輕人一心想跟露珍娜在一起。他想娶她。露珍娜懷了他的孩子，就算孩子是別人的也沒關係，重要的是他相信——他相信露珍娜懷的是他的孩子。當他知道露珍娜要去墮胎的時候，他很沮喪。可是大家要知道，這一點很重要，當時露珍娜是從人工流產審查委員會回來，根本還沒去墮胎！對我們這位沮喪的年輕人來說，他什麼都還沒失去。胎兒還活著，而這位年輕人也打算不惜一切，無論如何要把孩子留住。要說他會在這種時候給露珍娜毒藥，實在說不過去，因為他最想要的就是跟她一起生活，跟她有個孩子。而且，醫師也跟我們說了，不是隨便什麼人都拿得到這種外表像一般藥片的毒藥。這個天真的男孩子沒什麼門路，他要去哪裡找這種毒藥？有人願意為我解釋一下嗎？」

伯特列夫聳了聳肩，他一直是警官說話的對象。

「再來看看其他的嫌疑犯吧。我們還有這位首都來的小喇叭手。他是在這裡認識死者的，而我們永遠不會知道，他們的關係發展到什麼程度。總之，他們熟到死者可以毫不猶豫地要求他假裝是胎兒的父親，還陪她去人工流產審查委員會。死者為什麼會找他而不是找其他當地人呢？原因並不難猜。每一個住在這個溫泉小鎮的已婚男人都會擔心，萬一事情傳開，在太太面前就難交代了。所以只有外地人能幫露珍娜這個忙。而且，她懷了一位知名藝術家的孩子，這種謠言只會讓這位護士有面子，也不會對小喇叭手造成傷害。所以我們可以假設克里瑪先生答應幫忙的時候根本什麼都不擔心。他有理由殺害這位不幸的護士嗎？斯克雷塔醫師也跟我們說明過了，他根本不可能是孩子真正的父親。不過，我們就來想想這個可能性好了，假設克里瑪是孩子的父親，而且這讓他極為不悅。有人可以為我解釋一下嗎？為什麼他要殺害這位護士？她已經同意要做人工流產了，而且手術已經正式核准了。還是說，伯特列夫先生，我們應該把克里瑪當成兇手？」

「您太不了解我了。」伯特列夫語氣平靜地說：「我並不想把任何人送上電椅。我只想要證明露珍娜的無辜。因為自殺是最大的一宗罪。就算是充滿痛苦的生命也有某種神祕的價值，就算是瀕臨死亡的生命也是輝煌壯麗的，從來不曾見證死亡的人是不會知道的，可是我，警官先生，我知道，所以我會對您說，我會盡一切努力證明，這個女孩子是無辜的。」

「可是我也是啊，我也想試試看。」警官說：「其實，我們還有第三位嫌疑犯，那就是伯特列夫先生，他是從美國來的商人，他自己承認死者跟他共度了人生的最後一夜。或許有人會反對，因為如果他是兇手，應該不會自己把這些事說出來。可是這樣的看法經不起檢驗。昨天晚上的音樂會，整個演奏廳的人都看到伯特列夫先生坐在露珍娜的旁邊，音樂會還沒結束，他們就一起離開了。伯特列夫先生很清楚，在這樣的情況下，他最好自己說出來，而不是等別人來揭穿。伯特列夫先生對我們強調，護士露珍娜對這一夜很滿意。這並不是為了讓我們吃驚！伯特列夫先生不只是一位迷人的男性，還是來自美國的商人，他有美金，還有可以環遊世界的護照。露珍娜被關在這種偏鄉小鎮，她想找到離開的方法，卻總是白費力氣。她有個男朋友，一心想娶她，可是他只是小鎮的年輕電工，如果她嫁給他，她的命運就永遠成為定局，她也永遠走不出這裡了。她在這裡沒有別人，所以她沒跟他分手，可是她又不想跟他定下來，因為她不想放棄她的希望。突然間，一位風度翩翩的異國男性出現了，把她搞得暈頭轉向。她已經以為他要娶她了，她以為自己終於可以離開這個偏僻的小地方。剛開始的時候，她還知道要做個低調的情婦，可是到後來，她變得越來越讓人困擾。她讓他明白，她不會放棄他，她開始對他進行勒索。可是伯特列夫已經結過婚，而他的妻子——如果我沒說錯——她是個受寵愛的女人，是一歲小男孩的母親，她從美國過來，明天就會到了。為了不要鬧出事情，伯特列夫不惜任何代價。他知道露珍娜身上總是帶著一小瓶鎮定劑，他知道裡頭裝的藥片長什麼樣。他在世界各地交遊廣闊，而且又有錢，要做出一粒劇毒的藥片，外觀跟露珍娜的鎮定劑一模一樣，對他來說並非難事。在這個美妙的夜晚，他趁他情婦睡著的時候，把毒藥放進小瓶子裡。我想，伯特列夫先生，」警官莊嚴地拉高音量，下了結論：「您是唯一有動機殺害這位護士的人，而且也是唯一有辦法的人。就請您自己招認吧。」

房間裡一陣靜默。警官久久望著伯特列夫的眼睛，伯特列夫也以同樣耐心而沉默的目光回敬他，臉上看不出驚訝，也看不出氣惱。最後，他說了：

「我對於您的結論並不訝異。您查不出兇手，得找個人來扛這條罪。生命裡就是有這種神祕的怪事，無辜的人得替有罪的人付出代價。那麼，麻煩您了，逮捕我吧。」

22

懶洋洋的暮光灑遍原野。雅庫在距離邊界哨站只有幾公里的村莊停了車，他還想延長他在故鄉的最後一點時間。他下了車，在陌生的街上走了幾步。

這條街並不美，只有幾棟矮房子，沿途散落著幾捆生鏽的鐵絲、一個巨大的曳引機輪胎、幾塊舊鐵板。這個村莊沒人照管，很醜。雅庫心想，這座散落著生鏽鐵絲的垃圾場，就是祖國拿來向他道別的一句粗話。他走到街尾，那裡有個小廣場，還有個池塘。池塘也是沒人照管，水面覆滿浮萍，池邊有幾隻鵝在撲水，一個少年拿著棍子在趕牠們。

雅庫轉身走回車子。他看見有棟房子裡頭，有個小男孩站在窗邊。小男孩約莫五歲，透過窗戶望著池塘的方向，或許是在看鵝，也或許在看那少年用棍子抽打那幾隻鵝。小男孩在窗邊，雅庫的目光離不開他。那是一張稚氣的臉，讓雅庫著迷的，是那副眼鏡。小男孩戴著一副大眼鏡，一看就知道鏡片很厚。他的頭很小，眼鏡很大，戴起這副眼鏡像背著重擔，像負著他的命運。他透過鏡框看出去，像從鐵網向外看。是的，他戴著這兩圈鏡框像是拖著這輩子都得隨身攜帶的鐵網。雅庫透過眼鏡鐵網看著小男孩的眼睛，突然感到一股巨大的悲傷。

這悲傷突如其來，猶如河岸潰堤，洪水漫上原野。雅庫已經好久不曾悲傷了。這麼多年了。他只知仇恨與痛苦，不知悲傷為何物。而此刻，悲傷猝然襲來，讓他再也無法前行。

他看著眼前戴著鐵網的孩子，他對這孩子和他的國家充滿同情，他想著他愛得很少，而且愛得不對的這個國家，他之所以會悲傷，是因為這錯誤的、失敗的愛。

他突然這麼想，阻止他去愛這國家的，是驕傲，是高貴的驕傲，是靈魂崇高的驕傲，是敏感挑剔的驕傲；這種荒誕的驕傲讓他不愛自己的同類，讓他討厭他們，因為他將這些人視為殺人兇手。他再次想起他把毒藥放進一個陌生女子的小藥瓶裡，他自己也是殺人兇手。他是殺人兇手，他的驕傲已經化成灰燼，他成了他們當中的一個，他是這些可悲的殺人兇手的兄弟。

戴著大眼鏡的小男孩站在窗邊，僵住似的，兩眼直盯著池塘。雅庫想到，這個小男孩什麼事也沒做，什麼罪也沒有，他來到世上就永遠帶著一對視力不好的眼睛。他又想到，他責怪其他人的那些事，也都是注定的事，這些人帶著這些事來到世上，他們帶著這些東西，像背負一個沉重的鐵網。他心想，他沒有任何權利可以高人一等，可以說自己擁有崇高的靈魂，而且真正崇高無比的靈魂是要去愛每一個人，就算他們是殺人兇手也一樣。

他再次想起那粒淡藍色的藥片，他告訴自己，他把藥片放進那個惹人厭的護士的小藥瓶裡，這是在道歉，這是在申請加入他們的隊伍，這是在乞求他們接受他入夥，雖然他一向拒絕被視為他們的同路人。

他快步走向車子，打開車門，坐上駕駛座向邊界駛去。前一天他還想著，這一刻他會感覺鬆了一口氣，他會開心地離開這裡，他會離開他因為錯誤而出生的地方，而其實這裡並不是他的家。可是這一刻，他知道自己正在離開唯一的祖國，而且，他沒有其他的祖國。

23

「您別開心，」警官說：「監獄不會為您打開光榮之門，讓您像耶穌基督一樣登上髑髏地，被釘到十字架上。我從沒懷疑您有可能殺死這個年輕女人，我之所以會指控您，只是為了讓您別再堅持她是被謀殺的。」

「很高興您的指控不是認真的。」伯特列夫的語氣透露出試圖和解的意味：「您說得對，我想從您這裡為露珍娜取得正義，也實在沒有道理。」

「看到你們達成共識，我很開心。」斯克雷塔醫生說：「至少有件事讓我們感到欣慰，那就是不論露珍娜的死因是什麼，她的最後一夜都是美好的一夜。」

「大家看看月亮。」伯特列夫說：「月亮跟昨天一模一樣，它把這房間變成了花園。才不過二十四小時前，露珍娜是這座花園的女神。」

「而且正義根本沒有什麼可以讓我們那麼感興趣。」斯克雷塔醫生說：「正義不是有人性的東西。有一種正義，屬於盲目而殘酷的法律，或許還有另一種正義，是更高級的正義，可是前面那種正義我無法理解。我一直覺得自己活在正義之外的世界。」

「怎麼會呢？」奧嘉很驚訝。

「正義與我無關。」斯克雷塔醫生說：「正義是在我外面，而且在我上面的東西。總之，是一種沒人性的東西。我從來不會跟這種令人厭惡的力量合作。」

「您這句話的意思是，」奧嘉問道：「您不接受任何普世的價值嗎？」

「我接受的那些價值跟正義沒有任何共通之處。」

「譬如……？」奧嘉問道。

「譬如，友誼。」斯克雷塔醫生緩緩吐出答案。

所有人都沒再說話，警官起身告辭。這時，奧嘉突然想到一件事：

「露珍娜的藥片是什麼顏色？」

「淡藍色。」警官的興趣似乎又被撩起，追問道：「您為什麼會問這問題？」

奧嘉怕警官看透她的心思，連忙改口：「我看過她帶著一小瓶藥片，我在想會不會是我看過的那個小藥瓶……」

警官沒有看透她的心思，他累了，向所有人道了晚安。

警官離開之後，伯特列夫對斯克雷塔醫生說：「我們的家人馬上就要到了，要不要一起去接他們？」

「當然要。您今天要吃兩倍劑量的藥喔。」斯克雷塔醫生語帶關切，說完，伯特列夫走回隔壁的小房間。

「您從前給了雅庫一顆毒藥，」奧嘉說：「是一粒淡藍色的藥片，他一直帶在身上，我知道這件事。」

「別瞎說，我從來沒給過他那種東西。」斯克雷塔醫生的語氣非常強硬。

接著，伯特列夫打了一條新領帶，從隔壁的小房間走回來，奧嘉向兩個男人告辭。

24

伯特列夫和斯克雷塔醫生從白楊木大道往車站走去。

「您看這月亮，」伯特列夫說：「請相信我，醫師，昨天的音樂會和夜晚都像是奇蹟。」

「我相信您，可是您得好好保重。這些動作，伴隨如此美好的夜晚而來，是無可避免的，可是也讓您承擔了很大的危險啊。」

伯特列夫沒有答話，他的臉上洋溢著一股幸福的驕傲。

「您看起來心情好極了。」斯克雷塔醫生說。

「您沒看錯。是的，因為我，她的人生最後一夜是個美好的夜晚，我很快樂。」

「您知道，」斯克雷塔醫生突然說：「我有件奇怪的事情想拜託您，可是一直不敢開口。不過，我覺得我們今天經歷了這麼特別的一天，所以我鼓起勇氣……」

「醫師，您就說吧！」

「我想請您收養我，讓我成為您的養子。」

伯特列夫停下腳步，愣在那裡，斯克雷塔醫生向他解釋了為何提出這樣的請求。

「醫師，我沒有什麼不能為您做的！」伯特列夫說：「我只怕我太太會覺得怪，她會比她兒子年輕十五歲。只是，從法律的觀點來看，這是可能的嗎？」

「法律沒有規定養子要比養父母年輕，養子不是親生的，他就是領養來的兒子。」

「您確定是這樣嗎？」

「我很久以前就向一些法律專家請教過了。」斯克雷塔醫生神情自若又帶著點靦腆。

「您知道的，這是個奇怪的想法，我有點驚訝。」伯特列夫說：「不過今天，我簡直是著了魔，我只想做一件事，就是把快樂帶給全世界。如果這可以給您帶來快樂……我親愛的兒子……」

於是兩個男人在大街上互相擁抱。

25

奧嘉躺在床上（隔壁房間的收音機靜悄悄的），對她來說，事情很清楚，雅庫殺了露珍娜，而除了她和斯克雷塔醫生，沒有人知道這件事。但是雅庫為什麼要這麼做，或許她永遠不會知道了。一陣寒顫帶著恐懼在她身上流竄，可是接下來（我

們都知道，她善於觀察自己），她發現這股寒顫讓人快樂，這種恐懼滿溢著驕傲。

昨夜，她和雅庫做愛的時候，他應該正在痛苦，被那些極其兇惡的念頭糾纏著，而她卻可以把他整個人吸納到她身體裡，連那些念頭也一起吸了進來。

為什麼這種事沒讓我覺得厭惡？她想著。為什麼我沒去（而且也永遠不會去）揭發他？難道我也活在正義之外？

可是她越是這樣質問自己，就越覺得這種又怪異又快樂的驕傲在身體裡滋長，而她像個被人強暴的女孩，心裡突然襲上一股令人暈眩的快感，她越是推拒，快感就越強烈……

26

火車到站了，兩個女人下了車。

其中一個大約三十五歲，斯克雷塔醫生給了她一個吻，另一個比較年輕，衣著講究，抱著個嬰兒，吻她的是伯特列夫。

「親愛的夫人，讓我們看看您的小男孩。」斯克雷塔醫生說：「我還沒見過他呢！」

「如果不是因為我很瞭解你，我可是會起疑心的。」斯克雷塔夫人笑著說：「你看，他的上唇有一顆痣，跟你那顆痣的位置一模一樣！」

伯特列夫夫人仔細看了斯克雷塔的臉，幾乎是大叫起來：「真是這樣呀！我在這裡做治療的時候，從來沒有注意到！」

伯特列夫說：「這巧合太讓人驚訝了，請容我將它歸為奇蹟。斯克雷塔醫師讓女人恢復健康，他屬於天使的類別，他也像天使一樣，把他的記號標示在他幫忙來到人世的那些孩子身上。這不是痣，這是天使的記號。」

在場的所有人都對伯特列夫的解釋非常滿意，大家都開心地笑了。

「還有，」伯特列夫對著他迷人的妻子繼續說：「我要鄭重向你宣布，就在幾分鐘之前，斯克雷塔醫師成為我們小約翰的哥哥了。所以這很正常，既然他們是兄弟，當然會有相同的記號。」

「終於！你終於決定了……」斯克雷塔夫人對她丈夫這麼說，帶著一聲幸福的輕嘆。

「我不明白，我完全不明白！」伯特列夫夫人要大家為她解釋。

「我會為你解釋這一切。我們今天有好多事要說，有好多事要慶祝。眼前有個美妙的週末在等著我們呢。」伯特列夫挽著妻子的手臂。然後，在月臺昏黃的燈光下，四人一起走出車站。

國家圖書館出版品預行編目資料

賦別曲 / 米蘭．昆德拉 (Milan Kundera)
著；尉遲秀 譯. -- 初版. -- 臺北市：皇冠,
2020.09　面；公分. --（皇冠叢書；第 4875
種）（米蘭．昆德拉全集；4）
譯自：Valčík na rozloučenou
ISBN 978-957-33-3564-1（平裝）

882.457　　109011063

皇冠叢書第 4875 種

米蘭．昆德拉全集 4

賦別曲

Valčík na rozloučenou

作　　者—米蘭．昆德拉
譯　　者—尉遲秀
發 行 人—平雲
出版發行—皇冠文化出版有限公司
台北市敦化北路 120 巷 50 號
電話◎ 02-27168888
郵撥帳號◎ 15261516 號
皇冠出版社（香港）有限公司
香港上環文咸東街 50 號寶恒商業中心
23 樓 2301-3 室
電話◎ 2529-1778　傳真◎ 2527-0904
總 編 輯—許婷婷
責任編輯—邱昌昊
美術設計—王瓊瑤
著作完成日期— 1973 年
初版一刷日期— 2020 年 09 月

法律顧問—王惠光律師
有著作權．翻印必究
如有破損或裝訂錯誤，請寄回本社更換
讀者服務傳真專線◎ 02-27150507
電腦編號◎ 044108
ISBN ◎ 978-957-33-3564-1
Printed in Taiwan
本書定價◎新台幣 420 元 / 港幣 140 元